〖中华诗词存稿·名家专辑〗

中华诗词学会 编

中国现代诗词选

诗卷（下）

蔡厚示 胡迎建 选编

中国书籍出版社
China Book Press

图书在版编目（CIP）数据

中国现代诗词选 . 2, 诗卷 . 下 / 蔡厚示 , 胡迎建
选编 . — 北京 : 中国书籍出版社 , 2020.10
（中华诗词存稿）
ISBN 978-7-5068-7980-4

Ⅰ . ①中… Ⅱ . ①蔡… ②胡… Ⅲ . ①诗集－中国－
现代 Ⅳ . ① I226

中国版本图书馆 CIP 数据核字 (2020) 第 170727 号

中国现代诗词选·诗卷（下）

蔡厚示　胡迎建 选编

责任编辑　李国永
责任印制　孙马飞　马　芝
封面设计　采薇阁
出版发行　中国书籍出版社
地　　址　北京市丰台区三路居路 97 号（邮编：100073）
电　　话　（010）52257143（总编室）（010）52257140（发行部）
电子邮箱　eo@chinabp.com.cn
经　　销　全国新华书店
印　　刷　北京虎彩文化传播有限公司
开　　本　710 毫米 ×1000 毫米　1/16
字　　数　394 千字
印　　张　36.5
版　　次　2020 年 11 月第 1 版　2020 年 11 月第 1 次印刷
书　　号　ISBN 978-7-5068-7980-4
定　　价　1698.00 元（全 4 册）

目　　录

熊 雄

熊雄（1892—1927），字披素，江西宜丰人。1913年随李烈钧流亡日本，加入中华革命党，学习军事。1925年赴法勤工俭学，加入中共。归国后历任黄浦军校政治大队副队长，政治部副主任，中共两广区委军事部长。"四•一二事变"中被害。

登巴黎铁塔

登高东望一咨嗟，长剑倚天信手挐。
北海鲸鲵终就戮，南圻逐鹿竟谁家。

游柏林皇后湖

湖水如绉雪如银，天地无情却有情。
彻骨清寒谁领会，自然和我斗输赢。

邓 芬

邓芬（1892—1964），字诵先，号昙殊，广东南海人。著名画家，工仕女、罗汉、马及花卉。曾组癸亥画社。抗战间流寓香港。著有《藕丝孔居诗词集》。

题自绘《群鬼争食图》

终南进士方沔酒，以扇障面张笑口。
好奇欲窥鬼纷纠，指缝故纵群鬼溜。
鬼忘死活竞趋走，鬼面青黄朱白黝。
鬼声娇嗔哭笑吼，世界已鬼谁良莠？
鬼亡尊卑与牝牡，礼义廉耻鬼何有？
日日蝇营复狗苟，争权夺利相杂揉。
翻腾奔突火坑斗，丑态百出指难偻，
讵觉钟馗瞰其后，天际伸彼巨灵手。
一握群鬼如葱韭，启齿大嚼齿生垢。
龌龊定作三日呕，嗟嗟尔鬼蚩蚩莫可究，
炉边掷笔我且酌大斗。

世 途

世途多相已心盲，攻守行成等用兵。
蒙马既知皮可尽，铄金又怕口随声。
陷车不戒冰初合，纳履时疑棘暗生。
百态潜搜人北面，淡妆浓抹若为情。

癸未九月还佩楼自题小照

华灯低照画屏风，人面真能借酒红。
已拚死生畀豺虎，何须得失问鸡虫。
年居丽日当天午，秋遣繁霜入鬓中。
丛菊细看吾泪在，万方多难古今同。

1933年

姚鹓雏

　　姚鹓雏（1892—1954），名雄伯，上海松江县人。先后编辑过《太平洋报》、《民国日报》、《申报》等，后来任监察委员，晚年任松江县长。有《恬养簃诗集》。与施蛰存信中言其"少日作诗，步趋散原、石遗，好为硬语；既而从南社诸君子为唐音，境界渐得开朗。及间关入蜀，得山川之助，遂法自然，效元遗山放笔为直干，至是而诗乃为自家生活。"高燮论其诗"轻而不飘不浮，不薄不滑"。

七月二十七将夕，大雷雨

山楼雨未来，凉意已滞屋。
阴云俄欲合，林影微摇烛。
少须屋瓦飞，檐溜如倾瀑。
堂坳旋泛滥，将出还缩足。
此邦众山底，闭置俨深谷。
震雷欲破耳，摇悸到心目。
一怒天下安，夷氛迅扫逐。
大哉亦如是，作雨苏万木。

1938年

筑市南郊僧院茗坐, 遂过市楼晚饮, 作示同游

九死遭回去国吟，相携茧足万山深。
稍看水阁先秋雨，已办风梧尽日阴。
兵气自飘天远大，羁怀坐阅岁侵寻。
老饕快意惟今夕，把酒呼鱼力尚任。

黔灵山偕何仲萧

人间相逢已无欢，暂借寻山缓百端。
槲影穿烟横瘦劲，泉声激石堕荒残。
稍惊悴叶先秋下，终许丛林得地宽。
西北轻阴知雨至，共君摩眼倚危栏。

夏日闲居

惘惘南风拂面吹，齐纨蕲簟正当时。
鸡穿丛莽争馀粒，雀踏残阳飐断枝。
世事不堪闲处看，人情信有坦途危。
晨来昏雾宵来月，却笑阴晴日数移。

1941年

旭书书询近况，漫成即简

闭关自喜久沉冥，清绝心知故未经。
松下凉晖飘鹤气，岩端飞瀑带龙腥。
衣冠可委身非隐，书素相存眼乍青。
闻道说诗探妙理，空山片石静能听。

一九四六年二月十五日飞机自渝还京作，分寄柳翼谋、沈尹默二首

漫向梅边想战尘，淮流照影入新春。
自将天际回翔意，来作江头踯躅人。
坊巷犹存聊感旧，酒墟重遇独伤神。
龙潭老子应无恙，剩欲相从寂寞滨。

寄柳

东归无那鬟丝残，绿涨淮流瑟瑟寒。
准拟梁间栖燕易，却怜庑下赁春难。
伶俜画舫停闲步，历乱春灯忆昨欢。
明烛裁诗子沈子，细书茧纸几回看。

寄沈

还都杂诗六首 选二

（一）

败瓦颓垣有燕归，巷名犹是旧乌衣。

江南父老谁相忆，畦菜青青淡夕晖。

（二）

秦淮依旧北流清，斫尽柔条野草生。

却忆初堂明月夜，满船箫鼓是欢声。

刘文蔚

刘文蔚（1892—1955），字困斋，云南剑川人。曾在护国军医院工作，后回乡村设帐授徒。著有《困斋诗文集》。

哀民两首

恨到如愚望八荒，卞和泣玉老吾乡。
秦庭天醉醒何日？曹社鬼谋祸远方。
屠国有人惟剥削，爱民无主任流亡。
百年和缓无灵药，痛哭苍生病入肓。

三十年中一卷诗，尽披肝胆有天知。
自由平等终何在？权利徽章总属私。
秦上首功九庙毁，宋行新法万家饥。
生当百鬼猖狂日，哀我群黎欲诉谁？

农家吟

民国于今十一年，何年不出团丁钱。
官如饥虎吏如爪，豃突民间欲难填。
加税加钱旬验契，召募分外复烟捐。
烟捐收银不收票，钞票五元当一元。
劣绅乘势舞刀俎，洗髓伐毛相假权。
民利所至苛政逐，逃无可逃天不怜。
噫戏吁！农民不幸逢饿鬼，半饱不得何用田。

闻红军到鹤庆二首

（一）

一卧乡园五十秋，鸟声催梦响山陬。
苍茫云海风波急，应是潜龙挟水游。

（二）

从今寰海分崩日，正是男儿激励时。
帝骤王驰豪杰起，风云只恐会迟迟。

曹经沅

　　曹经沅（1892—1946），字攘蘦，四川绵竹人。历任安徽政务厅长，贵州民政厅长。抗战时期任立法委员、行政院参事。著有《借槐庐诗集》。学同光体诸老，上溯唐宋，炼字新警，时有性灵之作，时人比之于神韵派王渔洋诗。三十年代主编《国闻周报·采风录》，精选南北各省诗人作品。论者以为此刊"使我国在世界辉煌诗国之声誉不致中绝"（黄稚荃《借槐庐诗集序》）。吴宓评价他"实中国诗界之惟一功臣，亦即他日诗史诗学之惟一功臣"（《空轩诗话》）。1939年陪蒙藏委员会委员长吴忠信入西藏，取道缅甸、印度，诗境益奇。

雨后园坐，呈石老兼束醇士

闭户曾无却暑方，意行偶过小沧浪。
盈盈荷盖擎新雨，袅袅蝉声赴夕阳。
独挈诗心归茗饮，稍嫌人语乱钗光。
海滨等是归来客，却对凉宵话水乡。

汤山园夜对月

谁将薄霁换轻阴，如此园林值一吟。
凉翠满湖侵夜色，清光万里警秋心。
云霄壮志何曾副，轩冕中年渐不任。
负载白头终有约，且乘佳日恣登临。

秋草再和味云

铜驼陌上剧荒凉，况复离披带晓霜。

愁向菰芦闻寄语，生憎鹈鸠损年芳。

粘天曾作无穷碧，匝地真成一片黄。

月断穹庐人万里，凉风九月剩回肠。

冬晴舟泛枞阳湖，遂至白鹤峰射蛟台

短棹称吟身，重湖入眼新。

水如人淡荡，台共石嶙峋。

岸柳寒逾绿，鸥群近可驯。

此邦文献盛，我欲访遗民①。

自注：①地属桐城。

锡金早发，始见雪山

晓风广陌送轻寒，千骑云屯簇锦鞍。

此日方知星使重，路人都当汉仪看①。

天声久已扬重译，山径何辞犯百盘。

叱驭壮心浑未减，拼将冰雪换朱颜。

自注：①居人云，已三十年不见汉官过此矣。

己卯岁尽日①

戴雪群山尚未销，猛惊改岁是明朝。

投边始觉春韶贱，驱祟微怜习气饶。

犹有残黎思汉腊，可无健笔纪星轺。

江南尚在胡尘里，忍泪何心说蓟辽。

自注：①岁除日，布达拉宫跳鬼，循旧俗也。

叶当道中马上

物役年来总不齐，有情终古感栖栖。

斜阳换尽黄沙色，照我荒原试马蹄。

毛泽东

毛泽东（1893—1976），湖南湘潭人。是伟大的革命家和诗人。早年就读于湖南第一师范，曾以"二十八划生"为名发出征友启事，罗章龙署名"纵宇一郎"，回信积极响应。后因有送行七言古风之作。毕生词作较多，间有五七言律。

送纵宇一郎东行

云开衡岳积阴止，天马凤凰春树里。
年少峥嵘屈贾才，山川奇气曾钟此。
君行吾为发浩歌，鲲鹏击浪从兹始。
洞庭湘水涨连天，艟艨巨舰直东指。
无端散出一天愁，幸被东风吹万里。
丈夫何事足萦怀，要将宇宙看秭米。
沧海横流安足虑，世事纷纭从君理。
管却自家身与心，胸中日月常新美。
名世于今五百年，诸公碌碌皆馀子。
平浪宫前友谊多，崇明对马衣带水。
东瀛濯剑有书还，我返自崖君去矣。

1918年

长　征

红军不怕远征难，万水千山只等闲。

五岭逶迤腾细浪，乌蒙磅礴走泥丸。

金沙水拍云崖暖，大渡桥横铁索寒。

更喜岷山千里雪，三军过后尽开颜。

1935年10月

和柳亚子先生

饮茶粤海未能忘，索句渝州叶正黄。

三十一年还旧国，落花时节读华章。

牢骚太盛防肠断，风物长宜放眼量。

莫道昆明池水浅，观鱼胜过富春江。

1949年4月

人民解放军占领南京

钟山风雨起苍黄，百万雄师过大江。

虎踞龙蟠今胜昔，天翻地复慨而慷。

宜将剩勇追穷寇，不可沽名学霸王。

天若有情天亦老，人间正道是沧桑。

1949年

王　浩

　　王浩（1893—1923），字然父，又字瘦湘，号思斋，南昌人。与其兄并有文名，钱仲联比为"眉山兄弟"。先后任江西财政厅秘书，参议院秘书，国会史纂修、统计局佥事。年三十，以胃疾卒于家。其兄王易刊其遗稿，名《思斋诗集》。其诗初学李贺，进拟杜、韩，取法黄山谷、陈后山，体益坚苍磊砢，句式则迤逦多态。陈三立称其诗"奇芬孤秀，亭亭物表"。

庐山旅居，其盛夏似袁山秋日末，语因及之

　　　　山色溪光晓镜开，小窗茶力上村醅。
　　　　鸡声人语异时路，深巷远钟何处雷？
　　　　风定岩花红自落，泉通午枕梦初来。
　　　　旧家松石苍颜在，知傍云根长暗苔。

饮仙人崖望江流

　　　　叶叶流云堕鬓生，天低大野暮云平。
　　　　花袍白马少年意，古屋荒岗秋日晴。
　　　　下岭寒深依酒力，万杉风急失溪声。
　　　　烟鬟回首成追忆，独有岩花空自莹。

别匡山客舍

曲屏小儿初安梦，草裛花飞又失蹊。

别浦归帆连野阔，下山新稻与云齐。

蝶程冥漠依芳树，鸟语钩辀闻并溪。

安得百年重燕坐，夕阳人寐草堂西。

林景仁

　　林景仁（1893—1940），字健人，号小眉，台北板桥人，原籍福建龙溪。清宣统三年（1911）留学英国牛津大学。1920年随父回台，任新高银行董事、林本源制糖株式会社监事，创办台北钟社。四年后往厦门，以诗谒郑孝胥、陈石遗、夏敬观。后侍父漫游欧美，南游印度诸邦。1931年谒豫陕晋边区绥靖督办刘镇华于新乡，任督办公署上校参议，不久弃去。次年三月游东北，客死长春。著有《摩达山漫草》、《天池草》、《东宁草》，总名曰《林小眉三草》。

七洲鲲洋舟中示志宽七弟

龙愁鲸吼海天昏，迁客难招白日魂。
万里火云封百粤，千年黑水界中原。
张荣谁献修船策，徐衍空怜负石冤。
一掬厓山亡国泪，舵楼凄绝赵王孙。

1920年

张 轸

张轸（1893—1981），字翼山，河南罗山人。毕业于日本士官学校，北伐时任国民革命军第六军某部团长。抗战期间任豫南游击总指挥，新蔡行署主任兼十战区副长官。诗意清迥，而无粗拙之病。

秋 感

田园禾黍入东仓，最是衣单觉晚凉。
雁落忽惊寒夜雨，橘红微见玉楼霜。
烟霞十里飞轻雾，江水千回过大荒。
几许渔人逐浪起，可怜终日为谁忙？

1932年

一九四〇年三月本军驻贵州龙里整训，八日游山写景

闲把愁肠作酒杯，忽然游兴起徘徊。
瓮河青尽章台柳，蛮洞落残岭上梅。
芳草终年和树茂，碧桃正月向人开。
由来四季无寒暑，莫道刘郎去不回。

续范亭

（1893 年 — 1976），字润之，湖南湘潭人。中国人民解放军和中华人民共和国的缔造者和领导人。是马克思主义中国化的伟大开拓者，是近代以来最伟大的爱国者和民族英雄，是中国共产党的第一代领导集体的核心，是领导中国人民彻底改变自己命运的一代伟人，伟大的无产阶级革命家、战略家、理论家、军事家，杰出的书法家和诗人。毕生词作品较多，间有五七言律。作品大气磅礴，波澜壮观，被誉为"推翻历史三千载，自铸雄奇瑰丽词"，竖起当代诗词新的历史高峰。有《毛泽东诗词集》《毛泽东文集》《毛泽东选集》等。

夜宿潼关

华阴一路景凄凉，夜宿潼关更露长。
鸡鸣犬吠豫秦晋，浪激沙翻洛渭黄。
老凤西游悲左计，中条北望忆前场。
十二连城称要害，风云迭次起萧墙。

1921年

西山夜坐有得

赤膊条条任去留，丈夫于世何所求？

山深院寂晚来早，松静月明意转幽。

了悟此心即此佛，始知多病为多愁。

从今不为虚假误，造物难构真自由。

1922年

饯　雁

寒藻清泉酒一甑，客中饯雁笑余憨。

爪痕一路山和雪，字影三秋北又南。

饮啜宁教人抱愧，炎凉亦令尔难堪。

哀鸿处处悲粮尽，此去无须到湘潭。

1934年于兰州

哭　陵

谒陵我心悲，哭陵我无泪。

瞻拜总理陵，寸寸肝肠碎。

战死无将军，可耻此为最。

觍颜事伊敌，瓦全安足贵。

1935年

晚秋苏堤第一桥散步有感

十载块垒尚未消，黄金用尽欲解貂。

今世已无六国印，我生不善伍员箫。

西凭众壑双峰秀，东望孤云一片妖。

故人血战风沙里，愧踱苏堤第一桥。

1936年

五月十八日寄林老

延园花木正新抽，人月黄昏独自游。

安置纱窗迎叟至，不来日望高峰头。

韩瑞麟

　　韩瑞麟（1893—1965），字定山，号苏民，甘肃文县人。历任省财政厅厅长协理，文县教育局长，兰州师范教师。曾向程天锡学诗法。有《长春楼诗存》。嘲讽间陈，歌泣并作，颇见渊雅逸韵，有波澜动荡之势。

壬戌岁暮感怀

神州莽莽尽屯营，荆棘依然满道生。
仗节有人皆债帅，荷戈无地不骄兵。
但教鸟在弓难橐，那计风狂火倒行。
好乱由来终自误，眼前成败几楸枰。

蟪蛄十里远山秋，横议纷如水乱流。
正位苍茫迷北极，空谈牵强说西欧。
漫天战祸伤军国，假汝恶名痛自由。
殷鉴满前谁省识，尽从绝域觅骅骝。

1922年

清水道中

踏冰啮雪走天涯，南过岷阳渐近家。

岭树高能承暖曤，江流清不受泥沙。

径微荦确穷神骥，眼暗蒸黎苦异蛇。

我比刘琨多感慨，扬鞭不敢问中华。

1923年

秋朝野步

晨兴鸟雀喧，熹光映西岭。

独步长松下，露滴衣裳冷。

感此动遐思，飘飘见归隼。

我欲凌风翔，无由脱羁靮。

狂澜正滔滔，饥溺谁与拯？

极望入寥阔，长空横秋影。

1929年

顾颉刚

顾颉刚（1893—1980），原名诵坤，字铭坚，江苏苏州人。1920年毕业于北京大学文科哲学门。历任厦门、中山、燕京、北京、复旦及中央大学教授，中央研究院院士。

西宁返兰州途中过青石关

青石关前滞客行，长空惟有阵云横。
黄河夜泻千峰雨，迸作金戈铁马声。

1938年8月

登青城山

投宿名山证旧闻，参天松柏织斜曛。
我登绝顶一长啸，唤起千岩万壑云。

1941年1月

熊 冰

熊冰（1893—1966），字艾畦，号蝺庵，江西南昌人。少时即以诗与华焯，胡思敬等交往，并助校《豫章丛书》。先后任吉林财政厅秘书，国家烟酒事务署秘书，兼执教北京女子文理学院，誉为"江南才子"。1934年回江西，历任江西省府秘书主任，省田赋粮食管理处长。先后发起组织澄江诗社、宛社。诗不囿于宗派，不堆砌典故，清奇朗润。其子辑《蝺庵诗剩》。

四月八日集法源寺

烽火春城了却春，招提犹得赞嘉辰。
波澜万顷供三沐，饘粥千家费一呻。
铜钵偶联新旧雨，朱弦不染古今尘。
衰师遗蜕空陈迹，肠断迷途苦问津。

1929年

挽严又陵

师门谁信道终穷，丹旐俄惊返旧宫。
别后音书时寂历，病中车马太倥偬。
平居情话声俱咽，老去禅心念转空。
泪尽恩私了一哭，白头弟子在南中。

斯大林格勒解围

东欧一战此城高，能令枭雄铩羽逃。
万方不辞争蚁穴，九旬真见显龙韬。
砭肌风雪收残垒，犄角楼船出怒涛。
十载宏谋奏奇绩，手胼足胝未徒劳。

1943年

初秋晓行

朝曦未吐树微茫，八九田家正作忙。
成就盘中餐粒粒，喜看郊外稻穰穰。
天心人事终相感，地力农功总未荒。
只惜秋期方告熟，米珠声里念流亡。

1941年

秋感次程伯臧先生登快阁韵

轻轻已放重阳过，坐对枫林晚色殷。
两岸澄江通謦欬，千秋双井绝援攀。
谁怜皋庑歌兼噫，终见楼兰斩复还。
万点风帆皆北向，梦魂常绕旧家山。

龙济海

龙济海（1893—1948），字冷亭，江西万载人。身居一隅，每忧黎庶，其性孤高刚直。著有《履信山房诗草》《寄吾庐存稿》。

秋　望

故园咫尺阻干戈，瑟瑟西风冷翠罗。
古树苍茫看雁去，美人迟暮怨秋过。
白云一片催年老，黄叶千堆埋恨多。
袅袅村烟吹不断，砧声互答牧樵歌。

倭寇进逼上高时闻炮声

炮声雷吼震邻疆，远近居民避若狂。
扶老喜能超北海，携童恨不到遐方。
山林如市人偏聚，城店多空雀可张。
试问惊波何日静，同奸残敌返平康。

步林书记官军次感怀《原韵》

干戈俶扰几经春，徭役偏劳劫后民。

千叠碉楼丛汗血，四村墟落染腥尘。

江山无限情仍旧，狐鼠潜消局转新。

百战功成碑众口，更无烽火惊边屯。

首都驱妓

歌台舞榭任飘零，越女吴姬香梦醒。

一阵惊风到上苑，鸾声误作马蹄铃。

萧楚女

萧楚女（1893—1927），湖北汉阳人。与恽代英一道编过《中国青年》，后任黄埔军校政治教官。广州"四·一五事变"中被捕牺牲。

寄孙问楼兼示泥清、仲宣

北风吹寒雨，来势如飞镝。

飘然天涯来，萧飒满园湿。

广陌叶声繁，穷巷泥途积。

卷帘望秋色，洒扫无遗迹。

幽人悲岁暮，念此百感集。

初与君别时，何言日月疾。

天时不我与，人事犹如昔。

历历西窗下，熠熠秋灯侧。

檐花落细雨，秋声绕虚室。

载饮我浊酒，载豁我胸膈。

赋诗准曹刘，谈话拟卫霍。

少年俊迈气，壮志未肯息。

及今逢发改，三十不能立。

酒醒中夜起，抚剑涕横臆。

相知遍海内，此怀何由说。

病叶先衰殒，枯鱼过河泣。

凄悯箜篌引，饱蠹不忍读。

落落肝胆交，维君崇令德。

相视何所赠，炯然此莫逆。

秋花含红雨，淋漓频泪滴。

狼藉庭阶前，慰君他乡忆。

1918年12月

杨无恙

杨无恙（1893—1952），名让鱼，字冠南，江苏常熟人。抗战时寓居上海。工诗画，好苦吟，著《无恙初稿》《续稿》。自号"江东诗虎"。从西昆体入手而出入李贺、杜牧，后用力于孟郊、黄庭坚、陈与义诸家，参以樊榭之隽秀。

内海栗岛

水面晴岚远近峰，村村烟影吐层松。
恰如雾鬟临妆镜，帘縠窗纱隔几重。

1933年秋　日本

箱根关所

蛤壳分符此建关，争雄畿道触攻蛮。
国浮鲲背三千里，雪重鳌头十万山。
大地动摇龙伯钓，横流荡踏巨灵攀。
夷澶历劫无仙乐，徐福何为不肯还？

十五夜玩月

去岁中秋夜坐时，山塘疏柳雨如丝。
今年久坐中秋夜，大地清光月似规。
上界嫦娥应有恨，远方儿女定相思。
明年玩月知何处，径欲停杯一问之。

溃　兵

兵聚若抟沙，兵败等河决。
虎兕既出柙，洪流塞堤穴。
昨朝尹山战，交绥失蓝束。
馀勇骄小民，杀人烧野屋。
行滕喜坚厚，狼藉乱心曲。
恶浪高过山，公渡宁愁覆。
乱次攀行舟，殷红指可掬。

剑门石

剑门若鬼关，石气寒咄咄。
石发披乱麻，石肤锈青黑。
山神故狡狯，凿空罩广额。
擎柱藐此躬，匍匐掩襟虱。
阖闾尽雄卤，挥斥剑当折。
森森悚毛骨，日暮夜叉出。

熊式辉

熊式辉（1893—1961），字天翼，别号雪松主人，安义人。清末先后读书于南京陆军中学，保定陆军军官学校。1929年入日本陆军大学。返国后历任师长，军长，淞沪卫戍司令。三十年代主赣政十年，抗战后任东北行辕主任，晚乃潦倒香江。戎马生涯而有儒将风雅。著《雪松咏草》。其诗清刚磊壮，气骨凛然。多绝句，纪事抒感，不假雕琢，而法度自见。

军次建瓯，由福州溯江返延平舟中 选五

（一）

闽江水发南岑间，蜿蜒一脉泻千山。
人道扁舟苦且险，北风水落满江滩。

（二）

船行水口水潆洄，烟树迷离水鸟哀。
山回水转尤溪口，十里滩声闻远雷。

（三）

江心乱石森如戟，两岸悬崖峭于壁。
飞流悬沸争喧豗，舟人望滩皆叹息。

（四）

滩下长流滩上水，滩上曾无滩下鱼。
蜀道云难有鸟道，闽江云断世所稀。

（五）

漫道将军行若飞，一勺不足当睥睨。
铁篙撑破滩手里，岭树江烟醉眼归。

行军曲 选六

（一）

贼兵鼠窜我军来，闭户人家半夜开。
灯烛纷纷阶巷满，尽从避难远山回。

（二）

从来乡市不知兵，此日居然了不惊。
白纸红旗多式样，家家门上写"欢迎"。

（三）

红围香案满街横，老少扶持笑有声。
争说自家军入境，是应顶礼庆重生。

（四）

隔城十里望中遥，男女沿途涌若潮。
众口齐声呼打倒，土豪军阀与官僚。

（五）

小休憩处有人家，户户担挑来送茶。
汲井劝无贪冷饮，军行防染瘭螺痧。

（六）

日日行军到宿营，官兵相戒勿虚惊。
叮咚反响遍山谷，尽是欢迎爆竹声。

遣悲怀 选四

(一)

锦瑟无端续泪同，空帏灯暗雨丝丝。
八年往事浑如梦，未忍从头一一思。

(二)

读书烧烛人何在？对影难消此夕怀。
好月玲珑帘不卷，蛩声凄切上空阶。

(三)

小病初因误不防，青囊从未试医方。
六州铁铸当时错，坐视缠绵到胃肠。

(四)

早知话别能成谶，悔向杭州去一回。
执手泪横肠欲断，自言不及待归来。

1930年

别桃花

隔岸声声战鼓催，黄昏临别几徘徊。
无须故作伤心色，待扫胡尘我再来。

海棠溪

海棠溪畔雾沉沉，十日愁看九日阴。
曙色才开千嶂迥，暮烟又罩一城深。

题《骆驼图》赠内

骆驼骆驼兽之杰，群行塞上相提挈。
雍容其德本祥和，驯良属性无蹄啮。
望之巍昂即之温，耻于捷巧安于拙。
能耐未闻饥渴害，无求自少眭眦裂。
一生沉默口长缄，两峰耸出肩如铁。
爱众宁肯鸣孤高，为人又何辞螯蠚。
无怨无尤怀坦荡，不矜不伐心澄澈。
岂为千金动声色，负驱万里冒风雪。
抬头落落天地宽，缓步悠悠崎岖灭。
吁嗟乎！世间犬马之劳何足道，其惟骆驼真卓绝。

叶圣陶

　　叶圣陶（1894—1988），原名绍钧，字秉臣，改字圣陶，江苏苏州人。先后任教于苏州第五高中、上海中国公学高中部、杭州第一师范，后为商务印书馆编辑，改任开明书店编辑。抗战事起，赴重庆，先后在中央戏剧学校和复旦大学任教，1942年任桂林《国文杂志》主编。旧体诗主要作于此时期，风格似杜甫、黄庭坚。有《箧存集》。

自北碚夜发经小三峡至公园

初上月微昏，孤昏发野村。
江流惟静响，滩沸忽繁喧。
浓黑峡垂影，深凹石露根。
何能忘世虑，休说问桃源。

1938年5月

今 见

来时霜橘拦街贱，今见榴花满树朱。
汉水蜀山行路远，江烟峦瘴寄廛孤。
情超哀乐三杯足，心有阴晴万象殊。
颇愧后方犹拥鼻，战场血肉已模糊。

1938年5月

闻丐翁回愁为喜奉赠二律 选一

自今想象十年后，我亦清霜上鬓须。
既靖烟尘生可恋，欲亲园圃计非迂。
定居奚必青石弄，迁地何妨白马湖。
乐与素心数晨夕，共看秋月酌春酤。

1938年5月18日

自重庆之乐山

渝州十月今当别，烟影轮声又一番。
南望可怜焦粤土，西行直欲尽江源。
秋阴漠漠思无际，暮雨潇潇天不言。
来日未知复何似，蔗青橘赭此山村。

1938年10月

乐山寓庐被炸移居城外野屋四首 选一

避寇七千里，寇至展高翼。

轰然乱弹落，焰红烟尘黑。

吾庐顿燔烧，生命在顷刻。

夺门循陋巷，路不辨南北。

涉江魂少定，回顾心怆恻。

嘉州亦清嘉，一旦成荒域。

焦骸互抱持，火墙欲倾侧。

酒浆与血流，街树烧犹植。

国人方同命，伤残知何极？

死者吾弟兄，毁者吾货殖。

惊讯晨夕传，深恨填胸臆。

吾庐良区区，奚遑复叹息？

1939年10月14日

自成都之灌县口占

锦城晓雨引新凉，聊作清游适莽苍。

沟浍贯通怀蜀守，田畴平临胜吾乡。

水声盈耳宏还细，禾穗低头绿渐黄。

差喜今秋丰稔又，后方堪以慰前方。

1939年8月12日

白 采

白采（1894—1926），笔名，原名童汉章，字国华，江西高安人。少负轶才，跌宕风流。初任教于县女子学校，旋考入上海美专。先后应聘东方艺专、江湾立达学园、厦门集美学校。漫游广州、香港时罹疾，逝于海轮上。"五四"时期作新诗《赢疾者的爱》，朱自清誉为"这一路诗的押阵大将"。友人陈南士刊其遗稿名《绝俗楼诗》。其诗追踪太白之清俊、昌谷之怪奇、冬郎之艳丽，而落拓之迹、骚怨之情，又似近世苏曼殊。虽未能尽脱去古人之畦畛，而天才逸发，意境独辟。

古意三十首 选二

其一

我生定几年，徒然惜逝川。
失意落江湖，涉历鱼龙渊。
结想敦所好，意执不肯迁。
学道今方悟，忧来何由煎。
佳人怜我癯，劝我窗间眠。
重衾手不温，奇想梦飞天。
铿然嚼琼瑶，妙句已通仙。
起视日杲杲，窗虚帐如烟。

其六

朝卧东海滨，渺渺望涛痕。
荡飙天边云，浩瀚闻微喧。
旭日不可见，跌足声暗吞。
暮立西海涯，潮高海水浑。
朱霞丽半天，照海天愈昏。
落日匿不见，被发心烦冤。
长啸一挥手，汩没踏鼋鼍。
谁能投邓林，足底千澜翻。
逐此西飞日，扶桑犹可援。

送　友

楼外柳丝垂，离筵醉不辞。
暮云时出岫，春水渐平池。
故友乡园少，雄心岁月移。
由来汗血马，千里绝尘羁。

岁暮自沪至汉舣舟感赋

吴楚频来往，风波损岁华，
横江双桨雪，傍岸半楼霞。
客况忘浮梗，时艰感乱麻。
徒然忧国志，漂泊已无家。

春日旋里

积岁城东路，乘春十里游。

江村晴雾隐，山寺晓云浮。

处处王尼叹，茫茫卫蚧愁。

剧怜风俗敝，吾意欲淹留。

郊行题壁

酩酊风飘两鬓斜，夕阳黯黯客无家。

泪珠今日抛何处，开遍邮亭一路花。

悠然篇

平生怀抱本奇绝，齿牙出语漱冰雪。

未成谋国已无家，纵有隐痛何处说。

落宕曾贻父母忧，行歌常被路人羞。

孑身再作江湖游，抄书卖画亦风流。

那知涕泪无埋处，踪迹空悲似萍絮。

何用佯狂向世人，拂衣准拟入山去。

野服幽居懒亦好，百忧煎心愁浩浩。

流光从此任悠然，但得息机以终老。

忆花诗

绕堤重问旧游园，指点珠尘尚宛存。
门外如银满池水，匆匆曾照两眉痕。
琪花瑶草散如烟，一去箫声十五年。
莫向春波照双鬓，海山愁思正茫然。

邓中夏

邓中夏（1894—1933），湖南宜章人。1917年入北京大学文学系，组织过北京大学马克思学说研究会，创办《先驱》半月刊。后来任中共江苏省委书记，被逮捕杀害。

过洞庭

莽莽洞庭湖，五日两飞渡。
雪浪拍长空，阴森疑鬼怒。
问今为何世？豺虎满道路。
禽狝歼除之，我行适我素。

1921年

莽莽洞庭湖，五日两飞渡。
秋水含落晖，彩霞如赤柱。
问将为何世？共产均贫富。
惨淡经营之，我行适我素。

何 鲁

何鲁（1894—1973），字奎垣，四川广安人。毕业于南洋工科大学，赴法国勤工俭学，获里昂大学数学硕士学位。1919年归国，受聘国内诸多大学教授，是最早把现代数学引进我国的学者。著有《何鲁诗词选》。

自昆明飞成都途中口占

虽无奋飞翼，飘然凌长空。
滇池收眼底，西山一览穷。
晴日豁游目，脚下罗群峰。
金沙如长蛇，蜿蜒万山中。
峨眉倏在望，积雪何玲珑。
东望如观海，云天相接逢。
白浪竞吞逐，有客此乘风。
心惊造化力，人亦夺天工。
如何相攫噬，举世同汹汹。
愿言铭须弥，人类戢兵戎。

1938年夏

江行杂咏 自宜昌入川

两岸堆白雪，中流溯绿波。

雁阵惊阵起，鸥队掠船过。

日落江生彩，月明星隐河。

归途残腊里，之子意如何？

吴　宓

吴宓（1894—1978），字雨僧，陕西泾阳人。少年入清华学堂，赴美留学，1921年毕业于哈佛大学。归国后任教东南大学，与梅光迪等创办《学衡》杂志。1925年到清华研究院任办公室主任，后任清华大学西洋文学系教授。抗战后历任西南联大、四川大学、燕京大学、武汉大学教授。三十岁时蜚声诗坛，与四川吴芳吉齐名，时称"两吴生"。其诗远法杜甫，近师黄遵宪，并取西方诗境入其中。长篇古风情意缠绵温厚，短篇声韵清越。1934年自编《吴宓诗集》出版。

西征杂诗

寒风瑟瑟夜难温，破屋无棚尚有门。
芦席土床随意寝，草烟马矢触人昏。
充肠幸得新炊饼，涤面惟馀老瓦盆。
寄语京华游倦客，此间滋味已消魂。

　　　　　　　　　　　　　　　　1923年

五月九日感事作①

年年春尽盛烦忧，急劫惊尘百事休。
鱼烂久伤长乱国，陆沉终见古神州。
弦歌洙泗无遗响，发祥中原便此秋。
政绝刑衰伦纪废，空言擐甲事同仇。

原注①：日兵入济南。

落花诗八首 选三

（一）

花落人间晚岁诗，如何少壮有悲思。
江流世变心难转，衣染尘香素易缁。
婉婉真情惜独抱，绵绵至道系微辞。
早知生灭无常态，怨绿啼红枉费辞。

（二）

色相庄严上界来，千年灵气孕凡胎。
含苞未向春前放，离瓣还从雨后开。
根性岂无磐石固，蕊香不假浪蜂媒。
辛勤自了吾生事，瞑目浊尘遍九垓。

（三）

无上蓬莱好寄身，云霞岁岁望长春。

桑成忽值山河改，葵向难禁日月沦。

铁骑横驰园作径，饥黎转死桂为薪。

飘茵堕溷寻常事，痛惜灵光委逝尘①。

原注①：此言我生之时，中国由衰乱而濒于亡。

1928年6月2日

清华园即事

此局不知何日变，安居长恋旧巢深。

少年歌哭留春梦，堆眼丛残见苦心。

有浊有清多伴侣，宜晴宜雨好园林。

尘昏八表人情恶，茅屋空山未易寻。

1928年7月

解脱一首

回首乍如酒醒时，超离境地一凝思。

身犹多事宁增累，理未全通敢效痴。

万古遗痕污白璧，诸天色态染纯丝。

微生短梦倏将尽，绞脑回肠空尔为。

大 劫

绮梦空时大劫临，西迁南渡共浮沉。

魂依京阙烟尘黯，愁对潇湘雾雨深。

入郢焚麇仍苦战，碎瓯焦土费筹吟。

惟祈更始全邦命，万众安危在帝心。

1937年12月于衡山

离蒙自赴昆明

半载安居又上车，青山绿水点红花。

群飞漫道三迁苦，苟活终知百愿赊。

坐看西南天地窄，心伤宇宙毒魔加。

死生小已遵天命，翻知庸愚作计差。

1938年12月

刘凤梧

刘凤梧（1894—1974），安徽岳西人，毕业于安徽大学，任过省教育厅督导员。有《蕉雨轩诗草》。其诗格深秀而措语工丽。

闻日寇攻陷皖城愤而赋此

东南文物弦歌地，忍见貔貅虎豹来。
烽燧光腾霄汉赤，鼓鼙声震石城摧。
百年浩劫知难免，万井流离剧可哀。
日暮不堪翘首望，二龙山色战云埋。

1939年

刘 玑

刘玑（1894—1952），广东番禺人，曾任香港教育署视学官员，诗学黄山谷，力求生新瘦硬，辞多悲苦。

劫后重到桂平城

劫火留痕草木兵，颓垣当道碍人行。
我来正是黄昏后，清角吹寒入废城。

不 寐

予怀渺渺扰寒檠，壶水升沉蕽屡更。
鼠裹舂粮形作瘿，鱼牵盘藻影交横。
依帷剩欲穷诗味，拔剑疑留斫地声。
不遣困穷摧鬓发，倘容迟暮到升平。

胡先骕

　　胡先骕（1894—1968），字步曾，号忏庵，新建人。二十岁时，公费留美加利福尼亚大学。获林学士、植物学硕士归国，任东南大学教授。与吴宓、梅光迪创《学衡》杂志。1925往美国哈佛大学获博士学位。后为北京大学。北师大教授。1940年国立中正大学在泰和杏岭创立，聘任校长。著有《忏庵诗稿》，卢弼序云：“君周览名区，造诣深邃，又复苞孕近世之学海思潮。蕴蓄者宏，吸纳者富，往往擅王临川、苏东坡之胜，而又兼有昌黎之苍莽、摩诘之隽永，山谷之奇突，合众长于一炉而冶之。”其诗气骨开张，苍雄雅健。陈三立题识云：“本学识以抒胸臆，高掌远蹠，磊砢不群。其纪游诸作，牢宠万象，奥邃苍坚，尤近杜陵。”

书感三首　选二

（一）

雨馀夜凉峭，更深蚊语繁。
空山抱膝坐，孤怀谁与论。
天心未厌乱，薄海多烦冤。
群藩竞恣睢，杀气弥朝昏。
乃复劫少主，鞭箠驱中原。
民情有向背，天丧乌能存？
固知狐鼠偾，终作狼豕奔。
惟苦吾民耳，锋镝多游魂。

（二）

髫年负奇气，睥睨无比伦。

颇思任天下，衽席置吾民。

二十不得志，翻然逃海滨。

乞得种树书，将以疗国贫。

千山茂梗梓，万里除荆榛。

岂惟裕财用，治化从可臻。

乃今事攘夺，吾谋非所珍。

囊书意恻恻，归卧庐山春。

1918年

江上偶成

年时饱吃江南饭，岁晚翻操上水舟。

木落千山寒自献，沙明群雁暝相投。

持身许葆潜龙志，举世方矜斥鷃游。

负手巡行吟望处，万家灯火隔江浮。

1919年

登日本箱根半山至富士屋精舍小憩

海色犹在襟，更作蜡屐攀。

霜峰如静姝，淡妆拥愁鬟。

坂急藓磴仄，壑深云栈艰。

瞥愕虬枝狞，还惊罴石䫻。

上陟少仰嶂，下窥多俯山。

遥睇穷鸟背，微茫辨人寰。

耳饫红叶胜，目赏开心颜。

谁为剪云锦，缀此秋斓斑。

密叶摇风柯，日影筛朱殷。

寒吹度远壑，千泷韵淙潺。

极兹视听娱，一洗胸膈顽。

精舍从小休，坐看孤云闲。

（1921年）

绕箱根湖谒箱根神社

轻阴不妨秋，转显湖光好。

沦漪影沉沉，霞末浸林杪。

渚沙走阵圆，礁岛隔烟窈。

辽空察孤动，去翼入深杳。

唼喋上群鱼，交枝乱红蓼。

静细称雄恢，杉枞矗云表。

鳞鬣积莓苔，枝柯肆夭矫。

无风籁自远，栖鹤羽弥皎。

冥冥森古青，仰睇舌禁挢。

萝葛腾挐间，云气自缭绕。

具稟造物大，益失屝躬藐。

道左六地藏，禅定绝尘扰。

叠石累功德，魔褐敢肆㑇。

野语何自昉，聆之令心愀。

迤逦几途程，檀吹鼻端绕。

绀宇荡磬音，磴道隔疏篠。

神寮逐参拜，弥觉幽思悄。

1926年

日光登山至中禅寺

晨兴命车驾，游思挟奇壮。
林隈袤周道，叠翠入遥望。
墨云低可撷，黯黮如悬帐。
润逼风襟寒，阴迷秋野旷。
入山愈深黑，林莽合如浪。
机轮蹑鸟道，诘屈缘松上。
柯叶密蔽霄，栈危身蹦嶂。
转眼失近峰，掉头忽相向。
九折邛崃奇，嵁巉倘兹状。
鸿毛赌躯命，撄险神益王。
独惜霞锦观，山灵悭一觇。
隐闻天琴韵，计许风湍傍。
豁然一坪开，旃檀逐云漾。
下车理茗谈，清景酬午饷。

京都岚山

数峰青入云，一溪碧如泻。

何处秋山图，摄向此间挂。

澄波漾日彩，迸作晶光射。

水清石齿齿，藻行游鲦藉。

峭岸缅修梁，俨若飞虹跨。

远树簇红紫，倒影益娇姹。

云姿无定在，点染皆入画。

晴岚已张秋，雨翠度宜夏。

四时好风物，隽赏宁有价。

风瓢堪送老，真欲营水榭。

逐逐夫何为，凋年不相借。

清景供一瞥，空云死闲暇。

1926年

微　服

十年不听海涛声，微服今为万里行。

满地干戈闻野哭，辽天楼柁事孤征。

玄黄龙战知何世，高下鹤翔似有情。

百粤三巴多间阻，缨冠安敢惜劳生。

1939年

南昌陷敌五年，近闻收复有策，感而赋此

南昌景物吾能说，压鬓西山岚翠高。
带叶松枝燔紫笋，盈街沙户卖蒌蒿。
儿时语笑欢如昨，劫后田庐梦亦劳。
消息然疑系心魄，荡除腥秽赖贤豪。

1943年

傀　居

大隐何妨在市朝，傀居差喜得楼高。
晴岚排闼添朝爽，雨意连云接晚潮。
一碧澄江天作篆，双飞白鸟影随桡。
山城解绶容忘世，愧尔槐封蚁梦骄。

1944年

河洛师溃志痛

四十万人风扫箨，名都不战竟轻堕。
岂真胡骑锋无敌，其奈饥军气已衰。
回纥衅生宁效顺，哥舒师溃但陈尸。
大星落处天为泣，忠烈犹存事可为。

1945年

车　驹

车驹（1894—1951），字驭钦，号萤斋，别名骏中，江西贵溪人。早年毕业于武昌高等师范学院外语系。留学日本，归国后任南昌二中教员，1926年接任校长。1947年受聘中正大学教授。其律诗格高意远，古风沉酣如凤矫龙腾，纵横奇肆。辛际周《次韵答萤斋》诗中言其诗风如"神蛟怒骥脱羁束"。

早起喜晴

梦破晓啼繁，窗辉起我早。
几榻延光新，画图雾如扫。
久寂邻忽喧，牛羊欢就草。
天际声相呼，群飞各循道。
快哉众生意，舒展颜色好。
独娱此时心，欣欣悦雾抱。

初秋病起口占

骨瘦须凭竹杖行，晚云犹倚半山横。
初开病眼天寥廓，忽起诗心意远清。
柳绕池塘添夜雨，村依林木满秋声。
他乡卧疾思仇寇，鼓腹时疑气未平。

陈仲陶

陈仲陶（1894—1953），名闳惠，浙江永嘉人。毕业于浙江高等学堂。著有《剑庐诗钞》。

寿陈佩忍师五十

虎掷龙拿几斗争，樊川老去厌谈兵。
愁看赤县黄尘满，梦猎阴山夜雪晴。
典册高文公不朽，天风海水我移情。
垂虹秋色一千里，好斫鲈鱼侑酒觥。

1924年

诛　求

诛求已到卖儿钱，无税翻教妒砚田。
知否东南民力尽，贵人花石压纲船？

1936年

感事寄渊雷沪上

谁省民劳杼柚空，计臣得意各言功。

槐枯尚诩封偕蚁，物腐争禁蚀有虫。

陈迹行寻天水碧，高花初接木棉红。

书生何与图南事，已累飘零类转蓬。

1948年

唐玉虬

唐玉虬（1894—1988），名鼎元，号髯公，江苏常州人。少从钱名山问学，抗战时流离成都，以行医为生，后任华西大学国文教授。其诗宗尚李杜韩，旁及苏陆。著有《国声集》《赣湘草》《入蜀稿》，记叙"九一八事变"以来的战史，讴歌抗战勇士，以及他亲身所受颠沛流离的苦难。杨圻为之作序，以"浑浩苍劲""郁勃清湛"评其诗风。

癸亥腊月出都作

壮士宁切生虺肩，仙人能脍麒麟肝。
笑杀人间腐鼠味，朝争暮夺群垂涎。
振我绿玉杖，拂我青玉鞍。
急乘黄鹤莫回顾，鼻底犹似闻馀膻。

1923年

大刀队歌

黄海鼓声声欲死，跃入刀光增杀气。
刀光入处不动尘，人影刀光浑不分。
敌弹嫌高炮嫌远，炮弹未发已近身。
大阵坚阵都不畏，十人百人也成队。
摇摇刀光掣电起，飕飕寒风直入里。
此心早寄丘坟中，一胆还包天地外。

手左持弹刀右操，远时用弹近用刀。

虏骑尽强不敢骄，凛凛匣炮缠在腰。

近敌自成龙虎势，纵横叱咤千军废。

风云漫天爪牙来，利器人间总失利。

入寨寨开战壕平，蹴海海翻山岳碎。

刈人如草不闻声，累累断头如土委。

亦有头断躯尚走，携头不敢回头视。

又有呼求声在喉，半身委地半犹跽。

祸心恶胆昔何雄，狼藉沙场作醢醢。

远取扶桑九日落，高与穹苍除孛彗。

积骸何愁郁成莽，血流还喜旁通海。

屠坦解牛无此神，舞阳杀狗同其快。

五洲争来壁上观，三山何事还送死？

战罢洗刀渤海边，血人照澈澄波底。

吁嗟乎！国家长技绝四彝，飙驰电掣施神威。

我欲往载阴山石，更磨万柄霜雪辉。

赠与中原好男子，出塞夺取辽东归。

1933年

哭张自忠将军殉国

天崩伸手擎，地裂割肉补。壮哉张将军，誓保汉家土。
霹雳喜峰口前发，风雨夜惊鬼神泣。一片刀光飞电明，
无厚欻向有间入。霍霍诛鲸似斩蓬，顿时血满长城窟。
若教谈到临沂战，寇虏至今犹破胆。雾豁黄楼四野清，
风催铁骑千蹄趰。板垣何堪称将军，将军真乃古韩范。
韩范主军但主令，将军善战还善断。子龙大胆包一躯，
武襄威略着铜面。强寇愈歼愈勃兴，将军转战气益增。
横流渐决至豫鄂，壮志誓立填沧溟。旁击已殪钟祥寇，
前军更复枣阳城。拟将一鼓扫蚁贼，慷慨跃马催兵行。
催兵行，战愈急。戈挥落日回三舍，声震大洪翻百壁。
催兵行，战愈急。轻骑愈离大军远，锐士苦经力战殁。
穷寇效反斗，困兽敢反啮。一弹初中将军肩，
再弹竟洞将军臆。胸洞血尽力已竭，寇未全歼目难合。
子路结缨明生死，来往抽刀勗士卒。东国梅花岭，
西蜀梅花山。梅花树下埋忠骨，梅花香发自年年。
东西遥遥万里间，正气终挈山河还。

1940年

寒甚有作

天涯流落莫沾巾，斫地哀歌动鬼神。
寒到无衣方见骨，言多忧国匪谋身。
雪山忽入撑肠腹，岷瀑长悬激齿龈。
漱涤灵根尘垢尽，无穷诗句出清新。

自题江上寓居

人寰谁与赋同袍，流寓期交蜀国豪。
击楫沧江三峡壮，压檐雪岭万峰高。
云边目送归吴鸟，塞上思牵出海鳌。
老矣英雄无所用，猛心犹欲制波涛。

秋　感

家山遥望不能归，又看黄花泪满衣。
万剑摩胸扪欲动，双戈作枕梦俱飞。
峡门开后宁容塞，虏马秋来本不肥。
谁将汉家熊虎士，关河尽被电霆威。

夜读诸家诗感赋

曹刘鲍谢并时雄，李杜双开万石弓。

豪杰心胸原廓大，英奇体制自恢宏。

凤凰气举层霄上，虎豹威行万谷中。

谁起诗坛树赤帜，千年重见大王风。

张恨水

张恨水（1894—1967），祖籍安徽潜山县，生于江西上饶。先后在《皖江日报》《益世报》《世界日报》等从事记者编辑工作。抗战事起，他赴重庆主《新民报》笔政。著有《春明外史》《金粉世家》《啼笑因缘》。所作绝句为多，如信手拈来，自有深意。

健儿词

含笑辞家上马呼，者番不负好头颅。
一腔热血沙场洒，要洗关东万里图。

1931年

此是中华大国魂

笑向菱花试战袍，女儿志比泰山高。
却嫌脂粉污颜色，不佩鸣鸾佩宝刀。

1932年

咏 史

六朝金粉拥千官，王气钟山日夜寒。
果有万民思旧蜀，岂无一士复亡韩。
朔荒秉节怀苏武，暖席清谈愧谢安，
为问章台旧杨柳，明年可许故人看？

1932年

竹枝词·西行见闻

一升麦子两斗麸，埋在墙根用土铺。
留得大兵来送礼，免他索款又拉夫。

大恩要谢左宗棠，种下垂杨绿两行。
剥下树皮和草煮，又充饭菜又充汤。

1934年

春 雪

枯篁秃柳看成痴，顷刻妆成玉万枝。
春雪终怜生命促，纵然掩饰不多时。

荒　村

荒村细雨掩重霾，警报无声笑口开。
日暮驰车三十里，夫人烫发进城来。

1939年

吊屈原

蒲剑悬门艾叶香，贞臣故事话潇湘。
谁将角黍投江祭，只有朱门馈送忙。

湘水无情吊岂知？龙舟竞赛始何时。
江头观渡人千万，未必人人解楚辞。

赖　和

赖和（1894—1943），字雨岩，原名赖河，字懒云，台湾彰化人。台湾医学校（台大医学院前身）毕业，在彰化创立赖和医院，曾赴厦门博爱医院工作两年后返台。行医外，从事抗日活动与文学创作，担任《台湾民报》文艺栏主编，推展台湾新文学运动，为日本殖民政权所不容，入狱两次，因病去世。

丁丑春写于庄香阁

影渐西斜色渐昏，炎威赫赫更何存。
人间苦热无多久，回首东山月一痕。

1937年

熊公哲

熊公哲（1894—1990），字翰叔，号果庭。江西奉新人。少负逸才，下笔每惊耆宿。就读北京大学时，师从刘师培，张尔田等治经史百家学。既卒业，历任教华北大学，中国大学，心远大学，中央大学，中央政治大学。后迁台湾。其古风兼韩昌黎、王介甫、黄山谷之风概，纵横自如，矫健崛奇。

过庐山海会寺

海会寺前湖光好，海会寺北森五老。
我来正值秋雨足，穿云越涧山之麓。
五老沉沉不可见，湖光摇碧心如眩。
喈焉登舆循程去，时时回首冀一遇。
望中堆絮山有无，半天仿佛闻惊呼。
山灵喜雨睡方稳，何物狂奴偷相觑。
欲遣子房招绮角，乱来精爽人何如？
秦皇汉祖纷过眼，嗟汝髦士空区区。
采桑种木要有所，此事终竟须吾徒。
山容晻暧云愈恶，安得精诚开衡岳。
迟回眷顾日欲晡，粲粲绰约卧流苏。
风飘帐举如有意，卫南中坐垂帘珠。
须臾云启欻一抹，银练万幅裁为縠。
君看好山真好女，敛容欲出旋复处。

1933年

余度容世叔见示望湖亭诗辄呈长句

百斛尘生得佳句，坐觉风水荡于胸。
何时明月一樽酒，同听秋涛万壑松。
湖外青山故人眼，床头绿绮纍余桐。
扁舟未便九江水，一杖云来五老峰。

过方湖山庄归途作

谢病山居绝世喧，百壶来醉小东屯。
十年倚马虚驰檄，一笑孤鸿奈乞墦。
但喜说诗对匡鼎，未妨官骨似虞翻。
杖头日落迎凉去，雨过蝉鸣处处村。

钱履周

钱履周（1894—1982），名宗起，晚以字行，祖籍浙江绍兴，生于福州。曾任福建省政府主任秘书，行政院秘书，台湾救济分署署长，浙江省政府委员。有《钱履周先生遗诗》。

"二·二八"台湾

疏枪撼枕梦难成，夜雨潇潇若有营。
拥被严城春意浅，阴晴来日欠分明。

魁岐秋晚

远浦炊烟复，入山宁算深？
江光浮槛下，霞气幂岚阴。
叶任浓霜染，阶怜细雨侵。
稚松知慰寂，谡谡起龙吟。

徐悲鸿

　　徐悲鸿（1895—1953），江苏宜兴人。曾赴法国留学，后任中央大学美术教授。美术大师，美术教育家。偶作题画诗。

题《古柏》

天地何时毁？苍然历古今。
平生飞动意，对此一沉吟。

1936年

巴人汲水

忍看巴人惯担挑，汲登百丈路迢迢。
盘中粒粒皆辛苦，辛苦还添血汗熬。

1937年

自 写

乱石依流水，幽兰香作威。
遥看群动息，伫立待惊雷。

1942年

怀齐白石 四首选一

烽烟满地动干戈，缥缈湘灵意若何？
最是系情回首望，秋风袅袅洞庭波。

题静庐

惊才绝艳出墙阿，绚烂纷披胜绮罗。
倘使人间纸一本，千金买去不为多。

1947年

陈颖春

陈颖春（1895—1958），号际唐，江西高安人。1922年毕业于北京大学物理系。历任南昌心远大学教务长，江西省科学馆馆长，省立第一中学校长，湖北省教育厅第二科科长。1939年筹办国立十三中学，任校长。1947年任国民党中央立法委员，后赴台湾。

八月二日奉令于役吉安，时寇氛渐逼携家为避地计，登程书感

薄田数亩不归耕，今日翻成哭墓行。
所愧全躯保妻子，从知作计误浮名。
荷山青眼遥相送，锦水吾庐最系情。
此去仍期旬月返，雄师指顾报收京。

1938年

九日萧氏趣园坐雨

池馆萧条秋气深，一楼坐雨昼阴阴。
逢辰自有登高意，避地重温去国心。
旧径黄花馀客泪，遥岑红叶阻幽寻。
何当笠屐冲泥出，快阁东西倚醉吟。

散步临江花园

官里文书得暂抛，杖藜聊复向江郊。

公园巧辟全因树，小市新成半结茅。

春涨渐平明渚岸，蛮花粉吐映堂坳。

浮生自诧兵尘外，坐看斜阳挂树梢。

徐嘉瑞

　　徐嘉瑞（1895—1965），云南昆明人。1923年毕业于云南师范学校，初在昆明成德中学、省立中学任教。1936年到云南大学任讲师，后为教授、中文系主任。1946年往武昌华中大学任教授。1948年回云南大学中文系任教授。著有《徐嘉瑞诗词选》。

怒江吟

松山夜静炮声稀，怒水尸横月色凄。
万壑千峰皆死灭，但闻江上乳婴啼。
清泪已枯惟有血，怒江南去更无桥。
归侨未遂生还愿，投向江中作怒潮。

1942年

庞石帚

庞石帚（1895—1969），名俊，字少洲，又字石帚。四川
綦江人，生于成都。二十四岁时拜赵熙为师，赵向掌教华阳县
中的林山腴推荐任教。后历任成都师范大学、华西大学教授兼
中文系主任、四川大学教授。著有《养晴室遗集》。其诗清警
拔俗，炼骨炼意。赵熙评其诗："志趣高远，内敛芬芳，眇然
如姑射。"

江楼归兴

日脚在平芜，江村入画图。
微波凉浴马，深柳晚藏乌。
有物供诗料，无人问酒徒。
锦城亦寂寞，愁听草虫孤。

1918年

春日东城登望作

吹角戍楼晚，微茫野色连。
暖风闻布谷，晴霭见龙泉。
百战山应烬，初耕绿已烟。
春心共时事，吟望转凄然。

1922年

时事书愤

一角辽阳蜃气昏，神州破碎不须论。
冠裳几见投东海，锁钥何堪寄北门。
地险坐愁瓯脱去，天骄直觉单于尊。
楼船多少熊罴士，毅魄何由作九原。

九日借象姚、巨卿诣草堂，会寺驻军不得入，还过城东饮江上酒楼

乱世崎岖猎一醉，城南一往更城东。
江流劫外凄凉碧，秋在树间寂寞红。
病客未须长止酒，寥天无语自张弓。
年来扪腹真非易，莫负重阳落手中。

过城南，感花市旧游

漠漠夕阳中，春应扫地空。
竹荒喧细鸟，溪暝入疏钟。
背郭人居美，依沙蟹窟通。
只知愁庾亮，尘满酒旗风。

江头次叔武韵

江头歌哭几人闲，荷锸乘春懒闭关。

但愿添杯吹野水，真须浮白对青山。

战馀啄肉群鸦散，社后巢林海燕还。

见说王城花似锦，凭君洗耳爱潺湲。

冼玉清

冼玉清（1895—1965），别署琅玕馆主，广东南海人，生于澳门，毕业于岭南大学，后任岭南大学教授。素有岭南才女之称，精通中英文，国学深湛，对广东地方文献尤有研究。有《碧琅玕馆诗集》，陈三立题辞云："清雅疏朗，秀骨亭亭，不假雕饰，自饶机趣，足以推见素抱矣。"

夏夜风雨不寐

一庭风雨疑秋至，涤荡炎氛夜未央。
竹籁远喧来枕簟，荷裳暗解念池塘。
纷营尽日人皆热，寂处高眠我自凉。
耿耿胸中千感集，数残更漏已晴光。

春暮感怀

惊心时局百回肠，无限江山暝色苍。
杨柳多情应眼倦，卷葹未死总心伤。
楼台变幻知何世，风雨纵横诇一方。
极目沧波徒袖手，有人披发托佯狂。

蚕

闲情无复落花边，半卷湘帘幂篆烟。

不尽柔丝吞复吐，无端春恨起还眠。

菜根素味偏如我，蝉蜕红尘且学仙。

多谢狸奴好将护，薰香长伴绮窗前。

苦　瓜

苍凉堆阜态，簇簇到篱阴。

一种穷愁味，千秋苦节心。

鲋鱼来雨候，竹笋共秋吟。

阔窄随生理，回甘最耐寻。

秋晚登楼用杜韵

濩落空馀万里心，阑秋倦旅怅孤临。

云山霸气成终古，珠海潮流变自今。

白雁传书频信误，黄花压鬓只愁侵。

兰成未老多萧瑟，哀到江南掩泪吟。

路友于

　　路友于（1895—1927），山东诸城人。1918年在济南一中毕业东渡日本，就读于早稻田大学。1920年归国，任教于北京大学，曾任国民党中央委员会候补执委兼北方执行部秘书。与李大钊一道开展北方革命运动。1927年与李大钊等被捕于苏联大使馆，4月28日就义。

和李君国梁秋收四首原韵　选一

峡猿林鸟任情啼，倦眼重开认旧溪。
诗酒论交多磬折，荆榛当道肯头低？
蟫鱼泪渍成何济，边马毛拳久不嘶。
万籁沉沉年似夜，月明依旧画桥西。

大雪行

昨日朔风寒凛冽，木叶枯黄衰草折。
知是烟云酝酿中，抽管呵冻待吟雪。
一夜渐觉衾寒重，朝来白战无寸铁。
因高籍少势已成，散入万户花如缀。
老农喜瑞卜丰年，茅屋高谈霏玉屑。
乞儿掩户急号寒，塞外长城窟满血。
吾独对此别会心，大千世界顷刻澈。
眼底忽惊幻影来，南看佛山山明灭。
杲杲旭日出于东，是色是象复奇绝。

胡厥文

胡厥文（1895—1989），上海嘉定人。曾创办上海新民机器厂，历任恒大纱厂、上海机器业同业公会主席。抗战爆发后在重庆创办机器厂等企业。战后与黄炎培等一道组织民主建国会。有《胡厥文诗集》。韩秋岩序其集云："其为诗文，不加修饰，大抵为国家兴替而作，铮铮有金石声。"其诗主要创作在三四十年代。

题逸千绘陷贼女

少小依慈父，邻右称贤淑。
春院摘夭桃，秋圃采绿橘。
不谓贼临门，我父遭迫逐。
姊为釜底鱼，我成俎上肉。
南望蜻蛉长，东望双蛾蹙。
花貌着泥涂，玉肌受鞭扑。
褫衣烙我身，抖颤成蝟缩。
肤裂痛彻心，不敢肆啼哭。
愿为辽海尘，随风返邦族。
阿爷何庸庸，长令闭幽谷。

1932年东北沦陷后

幽　兰

伤举世贪婪，酿成大乱。

何处有幽兰？遍地多荆棘。
翘首望青天，阴霾层层黑。
回头顾对山，烟雾张天阔。
毒焰何所由？都在内心茁。
世事已如斯，何必回肠折。
斤斤我忍师，由来天有缺。

1942年

听　砧

秋尽霜枫血染林，干戈未戢自萧森。
流离人走千岩乱，婉转猿啼万壑阴。
举世宁无康乐想，伤时应有岁寒心。
怡情酣梦凭争斗，莫负巴山夜听砧。

1945年12月

伤 时

大厦已垂倾，茕茕朝野情。

坐谈夸胜利，黩武说和平。

愁绝思乡里，伤心乱伪真。

悠悠建国想，和泪吊苍生。

1945年12月

秋夜梦回忆古花楼

俗雾漫天我道潜，霜华两鬓镜中添。

莫嫌楼古今非古，为底剃髯欲再髯？

断雁哀鸣云里过，嗷鸿瑟缩梦中瞻。

何当涌出扶桑日，一片晴光透碧帘。

1948年9月

周瘦鹃

周瘦鹃（1895—1968），别署泣红，江苏吴县人。曾任《申报·自由谈》编辑，主编《礼拜六》周刊。著有《行云集》《拈花集》。

船过金鸡湖口占

短篷俯瞰碧波春，一梦温馨岂是真。
两岸青山看不尽，眉痕一路想斯人。

梦故园花木

大劫忽临天地变，割慈忍爱与花违。
可怜别后关山道，魂梦时时化蝶归。

1938年

刘蘅

刘蘅（1895—1998），字蕙愔，福建福州人。黄花岗烈士刘元栋胞妹，何振岱女弟子。有《蕙愔阁诗词》。

喝水崖雨中听瀑

飞泉折折静中闻，劈破崖苔百派分。
但觉洗清无尽恨，不知流过几层云。
天倾万绿沉深涧，午闷重湫变夕曛。
峭壁幽香乘雨下，林霏花气两氤氲。

悼亡儿彝秉

死别兮茫茫，凝思兮恻恻。
亲在家乡南，儿葬长安北。

抛离南北天遥遥，若望娇魂招不得。
千回欲写思儿诗，哭后拈毫已无力。
人间何事不可了，不了之时唯皈佛。
瞑窗此际秋肃清，心魂复为外景夺。
帘风漾处烟痕青，恍惚吾儿来绕膝。
更闻邻院读书声，触我伤心痛如割。
重重翻汝案头书，去岁墨花尚凝结。
书声渺兮字迹存，对残纸兮思故痕。
儿归来兮弱小魂，依母怀兮犹可为儿温。

饶岱章

饶岱章（1895—1952），江西东乡人。毕业于江西法政专科学校，归家筑溪南精舍，授徒二十余年。有《旷夏楼消夏稿》。

六月二十四夜，敌军进驻溪南

报国全身两不堪，深宵烽火望溪南。
蓦来虏骑围先合，才定惊魂梦尚酣。
逃死苦无丘首地①，再生欣见督家男。
芸编是我青毡业，多在桥西旧草庵。

自注：①长男祖怡因收获回家，翌晨逃出。

1942年

丁亥岁元戏效昌谷体

灯闪云屏漏声急，宝鸭寒凝香雾湿。
焚黄爆竹迎六神，交割人间旧换新。
当时苦置年和节，年节关头老却人。
烛龙睒闪檐牙白，一船风雨年光隔。
昨宵黑帝去堂堂，恨不牢锁幽都宅，
彩胜书春宜苦吟，鸠车蜡凤忆童心。
构旋傀儡羲和老，著我重帘坐雨深。
上纪开元下倚杵，如此岁朝那可数。
天公不肯看分明，故遣人间作风雨。

1947年

恽代英

恽代英（1895—1931），字子毅，江苏武进人。1920年与萧楚女等发起组织中国社会主义青年团，任团中央宣传部部长兼《中国青年》主编。1927年主持武汉军事政治学校，中共"五大"上当选为中央委员，后参加南昌起义、广州起义。1928年任中共中央宣传部秘书长。1930年任沪东行动委员会书记时被捕，次年被杀害。

无　题

闻道人间事，由来似奕棋。
本是同浮载，何用逐雌雄。
鬼妒千金子，人窥五色旗。
四方瞻瞅瞅，犹复苦争持。

每作伤心语，狂书字尽斜。
杜鹃空有泪，鸿雁已无家。
浩劫悲猿鹤，荒村绝稻麻。
转旋男儿事，吾党岂瓠瓜！

刘伯坚

　　刘伯坚（1895—1935），四川平昌人。1919年赴法国和比利时勤工俭学，1922年加入中国共产党，次年赴苏联。1926年回国，派往西北军冯玉祥部任政治部主任。后为中华苏维埃临时中央政府执行委员、红军第五军团政治部主任。中央红军长征后，留在根据地开展游击战争，任赣南军区政治部主任。在战斗中受伤被俘获，后就义。

无　题

绿野粘青树，东望白云多。
白云深深处，伊人意如何？

1928年春

带镣长街行

带镣长街行，蹒跚复蹒跚。
市人争瞩目，我心无愧怍。
带镣长街行，镣声何铿锵！
市人皆惊讶，我心自安祥。
带镣长街行，志气愈轩昂。
拼作阶下囚，工农齐解放。

1935年

黎又霖

黎又霖（1895—1949），贵州黔西人。为地下武装从事军运被发现，1948年被囚禁在重庆白公馆，后就义。

狱　中

斜风细雨又黄昏，危楼枯坐待天明。

溪声日夜咽墙壁，似为何人诉不平。

1948年

欧阳梅生

欧阳梅生（1895—1928），湖南湘潭人。湖南省总工会秘书长，后病逝。

和城南留别

干戈遍野有鸿哀，浩劫沉沉挽不回。
太息苍生谁是雨，剧怜故我强持杯。
鲁连好洁登高去，陶令怀清袖菊来。
江汉楚氛悲恶甚，未堪回首赫曦台。

周逸群

周逸群（1896—1931），贵州铜仁人。曾任红二军团政委。

无　题

废书学剑走羊城，只为黎元苦匪兵。
斩伐相争廿四史，岂无白刃可亡秦。

春　雨

连天烟雨锁重门，帘卷残花恨晚春。
燕子归来斜带雨，垄头看水一蓑云。

朱克靖

朱克靖（1895—1947），原名宏夏，字竹懿，号克靖，湖南醴陵人。1919年考取北京大学，次年加入中共，1923年冬赴苏联，入莫斯科东方大学。归国后任国民革命军第三军党代表兼政治部主任。参加南昌起义。新四军成立时，任军政治部顾问，联络部部长。1940年任苏北参政会副议长，后为新四军秘书长。卒被叛军杀害。

黄桥奔袭战

七载驱倭溅血痕，剧怜焦土万家村。
衔枚夜袭惊残吠，策马宵征见晓星。
尺地争回尝百战，一声杀敌九天闻。
莫谓重光无底事，须凭群力任贤能。

1944年

王陆一

王陆一（1896—1943），原名天士，陕西三原人。1928年任中央党部书记长。后任安徽大学文学院院长。1935年当选国民党中央执行委员兼民众训练部副部长。抗战间，派任山西、陕西监察使，不久病逝。有《长毋相忘诗词集》。于右任序其集云："能熔铸古今，激扬时代。"

莫斯科感怀

我欲临高台，高台多悲风。
山川日惨厉，何以慰孤衷。
阴风西北至，仰首与之逢。
委衣坐尘埃，荆棘当我胸。
当胸不可触，触亦毋怨恫。
皑皑金鹊山，郁郁沙皇宫。
高枝守残雪，凄清闻祷钟。
故疆始辽廓，念我来时踪。
北荒冷酷地，气寒无春容。
同根不同叶，草木何葱葱。

1926年

我空军轰炸台湾敌阵，闻捷作歌

云端骑士为汝来，堂堂之阵天为开，
翱翔使汝认祖国，霹雳下土临春雷。
云端骑士好颜色，煜如朝霞轻羽翩。
朝发昆仑夕海东，扶摇水击将毋同？

1938年

伤兵行

战场春花春欲栖，伤兵沥血成红泥。
乌鸢啄肉雨洗骨，不肯偃塞军团旗。
九日不裹创，九死犹有归。
祖国相呼赴争战，乘盾时见殷红衣。
酸风惊沙射创口，致敌宁因将吏威？

法兰西哀歌

警钟未绝香雾绝，大军百万成降儿。
低空敛翼驱之走，剑鞘犹悬金针衣。
森河黯尽胭脂水，但有月色无寒漪。
宫阙晶莹过骑士，伏街那有公卿尸。
马赛曲沉鼓手绝，绿茵软藉柏林蹄。

欧洲资产阶级革命推翻封建社会二十六首 选一

末期资本变财权，威海艨艟竞八埏。
政令举随经济力，凭陵都作世时贤。
兵车有会谁低亚，矛盾相持孰后先？
迸裂遂为寰宇战，升平据乱又年年。

钩 距

爝火难周物万群，光华还念旧如云。
渊鱼细察徒多术，国盗潜移已二分。
盈箧谤书驯宿将，如山铁券付殊勋。
千年高庙藏弓惧，况使危疑动所闻。

黎子秋

黎子秋（1896—1968），字菊平，湖北通城人。终生从教，曾任通城县教育科长。

洞 庭

洞庭湖浩瀚，九派涌滔滔。
眼隘三千界，胸横万顷涛。
气吞吴楚阔，浪浴斗牛高。
风雨腾天莽，鱼龙夜怒号。

郑州晚眺

落照横平野，苍茫一望平。
河声沉万树，雨气逼孤城。
远岸寒沙迥，危碉戍火明。
天边惊落木，萧瑟入诗情。

孙蔚如

孙蔚如（1896—1979），陕西长安县人。1924年任陕北国民军第二支队参谋长。抗日战争期间，任全省保安司令。其诗大多写军旅生活。

一九二四年住晃县，骑马赴潼关开会，三、二军商议打北洋军阀刘振华

日行六百里，景物翳云过。
泥涌关山道，风翻渭水波。
应怜民疾苦，宁计马蹉跎。
海内升平日，投鞭念佛陀。

气壮山河

烈烈金风荡寇氛，中条立马日将曛。
十年积恨还辽沈，百战提兵涉潞汾。
师克在和壮在直，汗挥如雨气如云。
待看斩尽楼兰日，痛饮黄龙奏大勋。

杨虎城

杨虎城（1896—1949），陕西蒲城人。参加过辛亥革命和护国战争。1930年任第十七路军军长，陕西省主席和西安绥靖公署主任。1935年与张学良在临潼华清池武装扣留蒋介石。通电全国，提出改组南京政府、停止内战。西安事变和平解决后被囚禁，1949年9月重庆解放前夕被杀害。

无题二首

（一）

西北大风起，东南战血多。
风吹铁马动，还我旧山河。

（二）

大陆沉沉睡已久，群兽无忌环球走。
骨骸垒垒高太华，红潮澎湃掩牛斗。

金毓黻

金毓黻（1896—1964），字静庵，辽宁辽阳人。北京大学毕业，历任中央大学、东北大学教授、院长。

悼黄季刚先生

忽传哀讯到辽阳，触目惊心是陌杨。
师友几人今尚在，江关万里此堪伤。
应知扫叶楼边雨，竟作千华馆上霜。
刚及凉秋九月半，风吹热泪不成行。

1935年

挈眷还都，无屋可栖，故人子以所居见假，得免露宿

天京重到及春残，来日何如去日难。
三宿犹堪恋桑下，一廛未许驻江干。
旗开楼上翻新色，雨霁城中增暮寒。
幸有郎君能见庇，妻孥得就后堂安。

1946年

茅 盾

　　茅盾（1896—1978），原名沈雁冰，浙江桐乡人。早年入北京大学预科，辍学后入上海商务印务馆任编辑。二十年代，与叶圣陶等人成立文学研究会，创作《蚀》《子夜》，蜚声文坛。新文学运动期间，认为讲格律束缚思想，旧体诗代表腐朽的一派。抗战开始后时有吟兴作旧诗。

新疆杂咏

纷飞玉屑到帘栊，大地银铺一望中。
初试爬犁呼女伴，阿爹新买玉花骢。

1938年

无 题

偶遣吟兴到三秋，未许闲情赋远游。
罗带水枯仍系恨，剑铓山老岂劖愁。
搏天鹰隼困藩溷，拜月狐狸戴冕旒。
落落人间啼笑寂，侧身北望思悠悠。

1942年秋

桂渝道中杂诗赠桂友

鱼龙曼衍夸韬略，吞火跳丸寿总戎。
却忆清凉山下路，千红万紫斗春风。

1942年

罗卓英

　　罗卓英（1896—1961），广东大埔人。保定军官学校毕业。抗日战争时，任十九路集团军总司令。1941年在江西上高会战时指挥围歼日寇，日军死伤二万余人。

感时二首

（一）

百年身世叹飘蓬，谁与中州唱大风？
如此江山秋冷落，茫茫何处问英雄。

（二）

战云一片向东来，百二河山去不还。
沧海横流应痛哭，世间无复有蓬莱。

上高会战纪事诗四首　选二

（一）

又报前军战鼓催，寇氛直犯上高来。
休夸扫荡侵三路，且看包围奋一槌。
诸葛阵图终有价，临淮壁垒不容开。
应知方马埋轮日，莫使虾夷片甲回。

（二）

一夜春雷起怒波，健儿十万剑横磨。
铁枪在手吾无敌，神箭当风尔奈何。
不再转移新阵地，还须收复旧山河。
捷书期共花争发，伫听欢声奏凯歌。

林散之

　　林散之（1896—1988），安徽乌江人。曾师从著名画家黄宾虹，后亦卓然名家。著有《江上诗存》。初宗盛唐、中唐，中年后由唐入宋，宗法杜牧与黄庭坚，力求摆脱摹拟，有所创新。论作诗有四要："情与意发于内，景与事受于外。"其诗于峭健沉挚中不失清畅圆转。

湖中望包山

太湖三万顷，吴越一家春。

事业惊雄主，江山惜美人。

麻披山瘦削，斧劈石精神。

且向夫椒望，峰峦更可亲。

1932年

苍龙岭

欹歟太华高，疑从九天落。

婉转苍龙来，悬崖万仞削。

侧身蛇鼠行，惊悸足无托。

往来云倏忽，变灭满虚壑。

可怜春不到，冷日倚林薄。

飘渺有寒香，空谷生奇药。

垂蕊不能发，依依自绰约。

媿我聋聩人，寻幽攀绝崿。

欲从得画本，范宽不可作。

钩勒愧不才，约略写轮廓。

1932年

龙门峡

万里来巴蜀，倦眼开局促。

龙门惊险峡，削为两崖束。

云根刀斧劈，太阴惨晨旭。

飞龙何处来，洒此寒空玉。

有石如蹲鸥，有石如立鹄。

浅绛破浓赭，空青渗重绿。

造化郁真情，为日看不足。

我笑李将军，钩染空尘俗。

虞山怀古

忍向前朝认剑痕，凄清狼石耸孤根。

春风有意时吹雨，野月无聊冷照魂。

烈士心肝原淡漠，美人颜色总温存。

谁怜国破千年日，犹听寒潮怒打门。

1937年

太　息

蛮风欧雨未能平，苦竹敲窗作战声。

已见山川荐封豕，怎禁江海走长鲸。

一庭多士惟干禄，万里何人去请缨？

太息沧洲逢岁晚，雕戈空向枕边横。

1939年

黄浦叹

黄浦滩高涨夏水，大船小船上下驶。

小船苦被大船欺，千簌万簌波涛里。

人间罪恶不堪说，蠕蠕动者总相食。

狮搏象兮鲸吞舟，公理原来强有力。

侧目愁看孤岛色，东风卷起浪千尺。

血耶水耶不可知，层层都是伤心碧。

心已如灰血已冷，踟蹰羞见当年影。

神权表海铜柱封，残梦依稀酒初醒。

1942年

贺锦斋

贺锦斋（1896—1928），原名文绣，湖南桑植人。1927年参加贺龙部队在南昌起义。南下海陆丰，回洪湖，在藕池一带建立游击队，后为贺龙领导的工农红军第四军第一师师长。1928年在湖南石门战斗中牺牲。

西归纪事

西归却是鸟归林，冲破漫天万叠云。
夜过黄山留一宿，隔江鸦雀寂无音。

溯江西上气横秋，到处敲门访旧游。
一事能摧妖孽胆，传单漂荡似浮鸥。

江家瑂

　　江家瑂（1896—1955），字眉仲，江西婺源人。毕业于江西陆军测绘学堂。1922年赴粤参加北伐，任总司令部参议。后历任宝山县、上海县长，浙江省公路局长，川黔铁路特许公司秘书长。著《一载心声》。

香岛书感

只身羁异域，入耳尽讴咮，
蹀躞千山路，艰难七尺躯。
浅湾萦胜境，深圳望延区。
狮睡何时醒，收吾旧版图。

车中对月

飞车如脱险，大地如旋磨。
不让月窥人，推衾对月坐。
明月一何明，远道一何远。
眼底万山移，心头万轮转。

台儿庄喜捷

海啸山崩草木愁，经旬苦战保金瓯。
廓清杀敌诸军帅，摄食侵华两虏酋。
溅地血花真似锦，漫天阴翳忽疑秋。
痛心五十年来事，百万男儿大复仇。

哀满洲伪国

沉沉暮色小朝廷，半壁辽东户不扃。
行地尸骸新阁部，登场袍笏旧优伶。
冰霜渐至看相逼，沟壑轻投等自轻。
恬静江容怜鸭绿，巨鲸掀起浪花腥。

康白情

康白情（1896—1958），字洪章，四川安岳人。1916年考入北京大学，1918年与傅斯年、罗家伦组织新潮社。后参加少年中国学会，投身五四运动。1920年赴美留学。归国后在政界、军界任职。是新文学运动时期较著名的白话诗人，然不废作旧体诗，有旧体诗集《河上集》。

寄家有序

"五四运动"既起，予鞅掌国事，疏作家信者逾半年。家姐玉如、内子瑞仙、舍弟中量，并先后以书抵朴园，旁询予踪，实则予晨夕忆家，而每当智竭力穷，尤无不默祷吾母也。噫，予过矣。

半年莫怪无消息，南北奔驰为国忙。
爱得国来家亦弃，更从何处认他乡？
啜羹惟觉莲心苦，涉世空夸鹤胫长。
拍案几番歌杜宇，即今犹此女儿肠。

黄鹤楼上酒兴有序

　　一九二零年七月四日，归至汉口，闻川路梗塞，西归之念全消，乃访恽代英于武昌，约其同登黄鹤楼。未果，遂独酌于其上。

高楼回望汉阳渡，扬子翻黄汉碧流。
战地枪声如过耳，客囊剑气欲惊秋。
西辞蜀北三千里，东极江南十二州。
啤酒盈尊还祭地，寿君寿我寿吾仇。

壑雷亭

壑雷亭上响壑雷，堤锁碧潭一镜开。
百代冠裳人尽去，半天晴雨我初来。
山花带泣红于血，渟石能春老不摧。
悬瀑怒飞知有意，奔流山外洗尘埃。

叶　挺

　　叶挺（1896—1946），字希夷，广东惠阳人。1921年任孙中山警卫团第二营长。1924年加入中共，曾任国民革命军独立团团长，北伐攻打武昌时被誉为铁军。1937年成立新四军时任军长。1941年1月在"皖南事变"中被俘，释放后死于飞机空难中。

过黄山，茂林北撤途中

层峰直上三千丈，雾里美人云里山。
悬崖勒马往前看，出峡蛟龙几时还。

1941年

吴芳吉

　　吴芳吉（1896—1932），字碧柳，号白屋，四川江津县人。清末入清华学校预科班。曾师从湘中名诗人萧湘。"新文学运动"时作《婉容词》，为人传颂。1919年主讲上海中国公学，1920年，在长沙明德中学以及湖南省立女子师范教书。先后主编过《新群杂志》、《湘君文化》。其后在西北大学、东北大学、重庆大学任教授，英年早逝。主张旧诗植根于民族形式而加工创新，变而通以适应时代。其诗风清丽真率，不溺于轻艳。有《吴芳吉诗选》。

蜀军援湘东下讨伐曹吴，已复归州五首 选一

如此河山作战场，繁华往事尽凋伤。
群狼攫食喧西土，祸水漫天号北洋。
馀痛追思犹恻恻，残生指数恨茫茫。
愿真割据行封锁，不得大同亦小康。

　　　　　　　　　　　　　　　1921年

春社新晴，独游黑石坡玩景

山石盘空不见根，鹰扬虎视莽云屯。

长松带雨浓于墨，大瀑翻雷吼过村。

天柱数峰遥隐现，洞庭一片近黄昏。

千家万落皆低下，古往今来让我尊。

1925年

丙寅元旦率题八首 选一

除夕不得过，上市典青毡。

长衢纷饿殍，地冻身无棉。

战慄朱门外，犬吠何喧阗。

枪林谁甲第？车马若神仙。

1926年

长安野老行

朝逢野老不能言，但垂清泪似烦冤。

面瘦深知绝食久，路旁倒倚酒家垣。

向午归来野老死，头枕树根沾马屎。

半身裸露骨斑斑，市儿偷去破襦子。

黄昏重过血泥糊，腿肉遭割作鲜脯。

酒家人散登车去，垣头睒睒来饥乌。

1926年

三自海上归蜀，九月至于夔门

夔门镇绝域，滟滪凿鸿濛。

江黑沙含雨，山摇树带风。

岷峨遥控引，天府见奇雄。

鼎足三分外，神明一体同。

1929年

刘鹏年

刘鹏年（1896—1963），字雪耘，泽湘之子，湖南醴陵人。就读于中国公学时，柳亚子介绍入南社，参加过南社在上海愚园第十二次、第十三次雅集。少年时作诗疏秀婉丽，壮年诗风转为沉雄多慨，磊落有气。1934年，傅熊湘客死安庆，众人推举他为湘集社长。中日战争时，长沙沦陷，携家流离四川，战后返故里。著有《鞭影楼诗存》。

题家叔《戌午集》

一卷临风未忍开，百忧争赴眼前来。
谁教宙合腾兵气，竟使菰芦老霸才。
冉冉修名悲逝水，沉沉心事付寒灰。
应知结习消难尽，几度哀吟掷酒杯。
桑海重提意惘然，难科沉醉问钓天。
经年龙战波成血，万井鸿嗷突断烟。
蓟北豕蛇纷荐食，淮南鸡犬尽升仙。
当歌我亦吞声哭，如许悲酸笔底传。

旅途杂咏

鹤唳仓皇一夕惊，朝来揽泪出孤城。
隔江烟嶂横愁黛，载道流离有哭声。
应悔养痈贻巨患，更谁筹策为苍生。
瞻乌已自伤行迈，忍听关山鼓角声。

1939年

独山重九

西风帘卷雨丝斜，万壑千峰密雾遮。
吟侣酒痕寒白社，瘴乡秋色渺黄花。
蓼莪未尽思亲泪，离黍谁怜去国车。
倚遍高楼悄无语，且将清怨付啼鸦。

棹　歌

轻云低压佛山腰，澹澹湖光一望遥。
最爱雨丝风片里，扁舟摇出鹊华桥。

郁达夫

郁达夫（1896—1945），浙江富阳人。1911年留学日本，1922年回国。与郭沫若等成立创造社，编辑《创造季刊》。先后在北京大学、武昌大学任教。与鲁迅编《奔流》，参加左联。抗战爆发后，往前线劳军。1938年12月，赴南洋编《星洲日报》副刊。后被日本宪兵秘密杀害于苏门答腊岛。少年好黄仲则、吴梅村诗，近绮丽风格。自言"我是始终以渔洋山人的神韵、晚唐与元诗的艳丽、六朝的潇洒为三一律"（《不惊人草序》）。著有《郁达夫诗词钞》。

己未秋应外交官试被斥，仓卒东行，返国不知当在何日

江上芙蓉惨遇霜，有人兰佩祝东皇。
狱中钝剑光千丈，垓下雄歌泣数行。

燕雀岂知鸿鹄志，凤凰终惜羽毛伤。
明朝挂席扶桑去，回首中原事渺茫。

1919年10月9日

旧友二三相逢海上，席间偶谈时事，
嗒然若失，为之衔杯不饮者久之。或问昔
年走马章台，痛饮狂歌，意气今安在耶

不是樽前爱惜身，佯狂难免假成真。
曾因酒醉鞭名马，生怕情多累美人。
劫数东南天作孽，鸡鸣风雨海扬尘。
悲歌痛哭终何补，义士纷纷说帝秦。

1931年1月23日

题剑诗

秋风一夜起榆关，寂寞江城万仞山。
九月霜鼙摧木叶，十年书屋误刀环。
梦从长剑驱虎豹，醉向遥天食海蛮。
襟袖几时寒露重，天涯歌哭一身闲！

1932年秋

三月初九过岳王墓下

凭眺湖山日又曛，回车来拜大王坟。

虫沙早已丧三镇，猿鹤何堪张一军。

河朔奇勋归魏绛，江南朝议薄刘蒉。

可怜五百男儿血，空化田横岛上云。

1934年4月22日

闻鲁南捷报，晋边浙北叠有收获，而南京傀儡登场

大战临城捷讯驰，倭夷一蹶势难支。

拼成焦土非无策，痛饮黄龙自有期。

晋陕河山连朔漠，东南旗鼓壮偏师。

怜他傀儡登场日，正是斜阳欲坠时。

1938年4月

毁家诗纪 之五

千里劳军此一行，计程戒驿慎宵征。

春风渐绿中原土，大纛初明细柳营。

碛里碉壕连作寨，江东子弟妙知兵。

驱车直指彭城道，伫看雄师复两京。

1938年4月

乱离杂诗 苏门答腊岛

却喜长空播玉音，灵犀一点此传心。

凤凰浪迹成凡鸟，精卫临渊是怨禽。

满地月明思故国，穷途裘敝感黄金。

茫茫大难愁来日，剩把微情付苦吟。

伍百年

伍百年（1896—1974），又名朝柱，号逸生，广东新会人。入广东高等法政专门学堂，监督夏同和叹为奇才。后为广州警察总局警审所承审官。粤军讨逆之役，任职东路讨贼军总司令部上校秘书。后为第一集团军总司令部秘书。1949年后流寓香港。著有《逸庐诗词文集钞》。

敌机轰炸羊城感赋

烽火连天掩穗城，蓬门大厦一时倾。
人禽木石悲同尽，猿鹤沙虫劫未平。
枭獍为心夷较毒，疮痍满目鬼犹惊。
外侨医士曾逼害，人道胡为任兽行？

1938年

哀粤民

铁乌蔽空来，弹落如雨屑。
广厦与蓬门，榱崩柱又折。
仕宦至庶人，肢残同命绝。
血染五羊城，骨聚千堆雪。
覆巢变山邱，陷处成窟穴。
大道不通行，薄棺纷陈列。
死者永冤沉，生者痕离别。

伤者徒呻吟，医者救难彻。

四野腥气熏，午夜悲惨冽。

习习阴风吹，沉沉魂魄结。

云山景寂寥，珠海流呜咽。

人道既沦亡，国际空饶舌。

黄种自相残，白人谁不悦。

唇亡齿亦寒，藩篱忍自撤。

鹬蚌久相持，渔人笑我拙。

献机复献金，都是民膏血。

仰首观青天，我机尝一瞥。

防弛口悠悠，望救心切切。

呼天天不闻，空负人心热。

民命等蜉蝣，哀哉我遗孑。

濠江客邸过清明

风声遥把角声传，一念危巢便惘然。

人哭清明流血泪，我悲寒食起烽烟。

四郊多垒荆生棘，千陇无禾草蔓田。

赋罢登楼心亦碎，乌啼月夜不成眠。

周世钊

周世钊（1896—1974），字惇无，湖南宁乡人。早年就读湖南省立第一师范，参加新民学会，长期担任湖南师范教员、校长。有《周世钊诗词遗稿存》。

感　愤

人世纷纷粉墨场，独惊岁月去堂堂。
沐猴加冕终贻笑，载鬼同车亦自伤。
卅年青毡凋骏骨，九州明月系离肠。
烟尘满眼天如晦，我欲高歌学楚狂。

1946年

周岐隐

周岐隐（1896—1969），浙江鄞县人，以医为业。浙东"东社十子"之一。有《稚翁诗草》。遣词造句舒卷之美，有如行云流水，流丽俊爽，而神情闲远，空灵不滞。

题《八骏图》

漠漠风沙争，昂昂八骏图。
群当空骥北，势欲跃天衢。
骨相忘骊牡，功名薄狗屠。
澄清知有待，闲却好神驹。

读冯君木《回风堂诗》

奇穷岁月自堂堂，东野诗篇政独昌。
淡似孤花依晓月，哀如残雁落清霜。
文章有道贫非病，身世相遗老更狂。
萧艾充帏兰茝拔，为君流涕惜芬芳。

雪窦早起，观东山云海

下界茫茫隔翠微，东方霞气弄朝晖。
白云自具移山力，螺黛凌空尽欲飞。

梅冷生

梅冷生（1896—1976），字雨清，浙江温州人。曾任籀园、温州图书馆长。有《劲风阁遗稿》。

除夕阅《南社集》

几复风流一代夸，文章淑世浪淘沙。
纷纷名士过江鲫，兀兀残宵赴壑蛇。
亦有高盟耽结习，又翻乱帙觅年华。
千林曙色春风动，掩卷微茫烛影斜。

1920年

三游雁荡

灵峰位置展皆停，列嶂排云不断青。
疥壁四题都扫尽，鹰扬唯见白香亭。

高联潢

　　高联潢（1895—1976），字幼铿，号茶禅，福建福州人。早年入托社，吴炎南赞为"抑塞磊落常工诗"。曾任协和大学教授、南洋海军应瑞旗舰书记官，抗战后辗转执教中学。有《茶禅遗稿》。

三都幕府饭后偶题

犹滞零寒小雾初，山光沃几照摊书。

岩坳瓮牖争支树，屋背梯田半艺蔬。

吠犬声从云外落，流禽影傍雨馀舒。

比来辛苦缘何事，一饭深惭令有鱼。

辛巳三月廿五日福州既陷，心胆俱摧，亲友存亡，书物聚散，概不可问矣

虏骑城头一夕登，六师瓦解叹无能。

驱鱼早遣人心溃，馁虎今随国土崩。

从此故乡沦敌境，更谁半壁挽中兴。

区区长物兵尘付，万泪呼天苦不应。

1941年

九峰题壁十首 选一

飞箝捭阖问如何，新法元丰病独苛。

尽有太仓资鼠雀，浑忘沧海跋蛟鼍。

里魁治下争投垢，部卒宵分竟倒戈。

耳目封疆嗟已壅，邸钞日日况传讹。

董鲁安

董鲁安（1896—1953），名璠,更名于力，北京人。北京高师毕业，任燕京大学国文教授。日寇占领北平、接收燕京大学时，易装出走。在晋察冀边区任华北联合大学教育院院长。1943年1月选为边区参议会副议长。此年秋，日寇向边区大举进攻扫荡，他随边区军民自大茂山转移至狼山，突围至茂岳、至沙河，共行886里路。自选177首诗，编为《游击草》。

观瀑溪上，雨后燕子洞作

可是风声是水声，喧青虤碧吼崚嶒。
山颜半晌成今古，云阵千番变晦明。
天外有峰皆兀立，溪边无树不争鸣。
催寒一雨苍崖落，百道秋虹飞处倾。

溪　云

溪云初起散秋阴，观水听云契会心。
刹那拈空诸相了，蓦然千界现潮音。

南崖口

急羽投曛林，溪风肃容衿。
瀑声喧峡底，潭影涨峰阴。
仄壁出蓝翠，斜晖带紫金。
谽谺蹲巨石，崒崒接高岑。
暝入南崖口，村藏西壑陪。
荒凉疑失路，懔慄感难禁。

大柳石崖堂露宿

避地云中二日留，夷师忽告犯灵丘。
阵云惟是横三晋，杀气直将遍九州。
逐影射工频有伺，搏人魑魅苦相求。
空山戍月长枪底，真个酣眠石枕头。

自注：山谷诗"空山万籁月明底，安得闲眠石枕头。"是夕，因防敌奔袭，不宿村中。

次黑石堂

生小不识桑麻长，衣食尘土走漫浪。
忽然一夕从军来，寄食万山依转饷。
履危即夷意气豪，随遇而安心胆壮。
黄昏得闻敌奔袭，谍讯趣令慎趋向。
山民引投黑石堂，战士跋涉荒山宕。

露寒夜静路迢遥，山空月皎情怆恨。

刺齿粱肥欣裹腹，煨髀盆温胜挟纩。

遇伏似陷偏师中，腾身倏出千峰上。

寇来冒险加饥疲，我待以逸困暴妄。

六载乃俾魔运乖，要恃民力无尽藏。

缘峭壁樵踪经乱峰顶下道八村

万动寂无声，草际息蝥闹。

凉宵凄以厉，大壑清且悄。

驾肩踔崩石，叠足涉寒沼。

踟蹰长岭脊，萦回乔木杪。

泉回空谷音，宿惊巢枝鸟。

缀崖星斗大，绕栈山路小。

石转蹙趾翻，涧黑落声杳。

惴惴举足虚，峰峰排胸峭。

盈握手汗冰，交面死纹绉。

迆邅放胆行，危疑不为挠。

但使愿无违，粉身志亦皎。

闻鸡近喈喈，到地平稍稍。

金星耀芒角，银汉淡微渺。

迟回迈荒阡，豁然天宇晓。

经炭灰堡寓大铁矿村

幽溪一去十里近，空峡岸莎行疾迅。
村居日中休茅檐，压窗岩岫叠千仞。
老子婆娑月再圆，倭奴枭张狂肆衅。
游击焉知到几时，胜利终来坚自信。
妖魔侵陵犹跳梁，十万甲兵蟠胸强。
要歼兽军恣一用，千锤冶作百炼钢。
峡中生事真无尽，睡馀两饱甘粗粱。
自摘笋蔬煮泉水，盐霜新渍溪苊香。

张八岭

苍龙脊上度倾斜，说着南归只益嗟。
半壑饥蛩咽地籁，万山残照阻天涯。
沙河引领烟尘动，恒岳当眉气象华。
浩荡乾坤凭再造，积骸如莽莫思家。

次岭东村

扫净空林败叶痕，回风迟日冷朝暾。
玮玮玉戛冰分涧，轧轧霜抽柳一村。
乱里农犹勤树艺，秋来家共牧鸡豚。
魂惊寇劫三光后，兵火频年烬尚温。

闵虚谷

闵虚谷（1896—1958），名继昌，四川新都人。毕业于四川公立专门学校，1930年入刘文辉部队，为学友互助社秘书。曾主办私立励志国学补习社，后在铭章中学教书。其诗于婉转中有振荡之气。

杂诗两首

（一）

何心摧残问东风，剪碎朱霞贴地红。
水面文章翻写恨，人间色相顿成空。
歌残玉树悲陈主，泪掩琵琶别汉宫。
护惜万般终未得，魂飞一夜雨声中。

（二）

惊心故国事全非，剩水残山夕照微。
苦口难教尘梦醒，归魂犹怯鼓鼙威。
漫天风雨催花落，震地雷霆乱鸟飞。
无怪鹧鸪行不得，郊原今已歇芳菲。

溥心畬

　　溥心畬（1896—1963），号西山逸士，清室没落王孙。少习诗文，入德国柏林大学，获天文博士归，隐西山潜心诗书画。后任北京师大及北平艺专教授。华北沦陷后，力拒日寇胁迫出仕。1947年拒当"国大"代表。诗宗唐音，清逸如飘云。著有《寒玉堂诗集》，钱仲联序云："融少陵、摩诘、龙标、玉溪于一冶。故国之思、身世之感、乱离之情，溢于行间"。

园　夜

端居感迟暮，况见霜叶零。
方塘澄碧波，庭柯挂繁星。
焉知变寒暑，坐失林中青。
遥遥怨修夜，落落瞻秋萤。

1927年

登玉泉山

边月关山远，寒烟溆浦分。
秋风吹落雁，已过万重云。

汉长陵瓦歌

秦辟还宫祖龙死，墓隧乃与三泉通。

一朝崤函失险阻，赤帝受命王关中。

卯金王气销沉久，马鬣之封复所有？

玉鱼金碗尽成尘，虎踞龙盘安足守？

虞舜南巡去不还，二妃泪洒苍梧间。

至今洞庭张乐地，九嶷瞻望空云山。

甘泉长乐西风早，千门落日咸阳道，

行人欲拜汉文陵，匹马荒原向秋草。

汉家寝庙势凌云，当时迁徙何纷纷？

遂使黔黎怨徭役，苛政无乃如嬴秦。

宫中置酒悲楚舞，刘吕雌雄已千古。

谁怜片瓦历沧桑，尚见长陵一抔土。

1942年

登燕子矶

乱后悲行役，空寻孙楚楼。

萧萧木叶下，浩浩大江流。

地向荆襄尽，山连吴越秋。

伊人在天末，瞻望满离忧。

1946年

九月登定县奎光阁

石壁崔嵬撼怒涛，清秋临眺俯城濠。

海门云白孤帆远，沙岸天青片月高。

战垒飞霜惊草木，回风卷雾拂旌旄。

长江夜索欃枪气，北斗光寒动佩刀。

1949年

王统照

王统照（1897—1957），字剑三，笔名韦佩，山东诸城人。1918年考入北京中国大学预科，与郑振铎等发起成立文学研究会。毕业后初为北京中国大学教授兼出版部主任，1927年任青岛中学教员，1931年到吉林四平交通中学教书。曾自费往欧洲考察，归国后任上海《文学》月刊主编，继为暨南大学教授，开明书店编辑，山东大学教授。著有《剑啸庐诗草》。

对 镜

岂少凌云翮，羞为厌水鸲。

鼓琴音变徵，看剑气吞胡。

横海澄清愿，神州荡涤无？

欲脱虎鹰搏，终当斧芟诛。

九月十六号夙兴，晨星犹明

窗前残月荡斜晖，万籁声寂夜气微。

偶向疏圃成散策，一星磷火逐萤飞。

朔 风

沆瀁秋风万籁催，沧波落日此登台。
江流巨浸东南坼，风警九边草木哀。
海外辩才空简册，神州生气闷风雷。
嚣嚣和战皆非日，蒿目中原付草莱。

1931年

忆老舍与闻一多

低头忍复诉艰虞，冰雪凝寒怪不舒。
四海惊波围古国，万家溅血遍通衢。
声闻闭眼成千劫，葭露萦怀溯一舻。
渭北江东云树里，何时尊酒共欢呼。

航行印度洋望月

繁星去海荡空明，一线沧溟纪旅程。
海外风云惊客梦，域中烽火念苍生。
低吟恐搅蛟龙睡，微感能无儿女情。
独立船头惆怅意，夜深唯见乱云横。

海上望晚霞

暮霭淡横空，斜阳笼远树。
余光荡碧波，飘渺紫山暮。
绛绀相震薄，青天乱红雾。
海上匹练飞，乱云拥金絮。

雪后闲步二首

（一）

冷落园林好，幽情欲语谁？
坠枝凝冻雪，薄霭淡残晖。

（二）

天地孤云回，苍茫肃气微。
暮听征雁语，清泪点寒衣。

林庚白

　　林庚白（1897—1941），字学衡，福建闽侯人。民初任众议院秘书长，后随孙中山参加护法运动。抗战中避居香港，为日寇枪杀。有《丽白楼诗话》《丽白楼遗集》等。初从陈衍学诗，受同光体影响，郑孝胥劝他"何妨取径近艰辛"（《题林学衡诗本》）。后加入南社，反戈一击，批同光体流弊。今人或以其诗之深刻与柳亚子诗之博大并列为南社诗的两大支流。

姚营长歌

宝山城头天如墨，突围转战夜深黑。
堂堂好汉姚子香，能以孤军一当百。
海云低垂风怒号，危城四百炮声高。
援绝弹尽短兵接，全营身殉无肯逃。
血肉头颅争飞舞，一寸发肤一寸土。
覆巢几见卵能完，断脰犹闻勇可贾。
许远张巡今见之，先声直欲吞东夷。
但使武将不怕死，中华会有收边时。
里闾闻报皆涕泣，壁上群胡亦于邑。
浩气直争日月光，雄风真使懦夫立。
古来多难乃兴邦，国有干城非可降。
八公采石无此壮，行看饮马松花江。

月仙楼晚眺

场圃回廊绿一涯，海波渺渺荡斜曦。
竟同玉貌围城困，深愧殷周愤可知。

十二月十三日纪事五首 选三

避居香港九龙

（一）

机关枪密炮如雷，我薄倭来各有猜。
市沸居人同踯躅，天明群盗数徘徊。
守兵远引成孤岛，甬道深藏挈两孩。
持较西迁惊险过，处危要验出群才。

（二）

海沸天旋出入携，始知患难有夫妻。
殖民已辱宁沦寇，归宋犹羞肯附夷。
故国党朋俱间断，家人友好更分携。
荡倭兴汉成何语，听取刘琨夜半鸡。

（三）

水断粮空饿死虞，太阳旗畔虏欢呼。

人民犹是山川异，闻见全非史乘无。

薜荔墙隅闻偶语，玻璃窗畔走农夫。

动心忍性吾无怼，剥极端为切腹呼。

十三日至十八日

四周炮火似军中，始验平生镇定功。

劫罅遥窥斜照黑，烬馀幻作晓霞红。

重闻水断忧饥渴，徐待阳回凛雨风。

投老兵戈吾不信，岁寒定见九州同。

叶剑英

叶剑英（1897—1986），广东梅县人。在东山中学读书时，曾师从南社诗人李煮寒。后入讲武学堂，毕业后，投奔漳州粤军。长期担任重要的军事职务，抗战时任中共军委参谋长，戎马倥偬。有《叶剑英诗选》，言志抒情，或俊逸婉丽，含蕴深沉；或激昂慷慨，雄浑遒壮。

雨夜衔杯

雨撼高楼醉不成，纵横豪气酒边生。
会将剑匣拼孤注，又向毛锥汩绮情。
入世始终身泛泛，结交俦侣尚平平。
愁多无计寻排遣，澎湃声传鼓二更。

羊石杂咏

竟装奇骨落鸿荒，不向情场向战场。
别有愁心易抽乙，晚风残月咽斜阳。

1921年春

登祝融峰

四顾渺无际，天风吹我衣。

听涛起雄心，誓荡扶桑儿。

1939年

看方志敏同志手书有感

血染东南半壁红，忍将奇迹作奇功。

文山去后南朝月，又照秦淮一叶枫。

陈　方

陈方（1897—1962），字芷町，江西石城人。肆业于南昌高等学堂，被誉为"江西才子"。赴北京寄居江西会馆。以"财政金融应兴革"一文而蒙善后会议财政委员会委员杨永泰之聘为秘书。后由陈布雷举荐入侍从室，任政务局长，旋辞职卜居香港。擅画竹，取法于文与可与苏东坡。

风　高

风高哪许岫云停，沧海看桑几度经。
游子泪弹春草绿，思亲梦绕越山青。
十年明月逢圆恋，万里秋声倚枕听。
却忆征鸿贤胜我，南飞何以慰飘零。

题画竹

草木都成剪伐丛，人间谁奈斧斤凶。
醒来风泼霜毫健，要为春雷起螯龙。
醒来如醉醉如颠，恨累如山海尽填。
挥去寒梢长万尺，可能一扫靖氛烟。
烽火弥天解组归，南来真与世相违。
干戈玉帛皆尘土，独向深宵写竹枝。
小楼夜夜兼风雨，叶叶枝枝皆起舞。
世间何处有桃源，自向竹中觅真趣。

1949年

陈声聪

　　陈声聪（1897—1987），字兼与，号壶因，福建福州人。从事财税工作。有《兼与阁诗》。尤工白描刻画与议论，和婉而沉至，得陈后山之质与陈简斋之神，风味又似近代郑珍。抗战时流离贵州、四川，所作尤凄楚。乔大壮题辞云："蜀中诸作，伤乱忧生，低徊掩抑，信闽人独善为宋人语。"施蛰存说："五古甚见朴茂，文字含近代语，精神则魏晋咏怀、咏史之俦也。"

入黔道上

一车盘绕万重山，蛇退猿愁我独攀。
烟莽丛中埋覆辙，看人生过鬼门关。

黔中纪乱

敌军动攻势，桂柳如拉枯。
风吹落叶至，黔鸟惊传呼。
独山绾黔桂，忽尔变通途。
州帅神若定，温语出直庐。
守土吾有责，全境今贼无。
援兵十万众，衔枚偏纡徐。
义通招健儿，事急殳其驱。
于时大将莅，缚虎宜有符。
大将计三六，第一其走乎？

仓皇起移灶，三日空州闾。

万人争一车，车以金论租。

驰道委行李，邮亭痛征夫。

郁热迫肝肺，凄风侵肌肤。

惊魂就危坂，载人同载猪。

中间自桂出，狼狈犹过诸。

火车火不济，行旅中道濡。

一日复一日，自秋先枝梧。

斥堠才数十，百里沦废墟。

自此风信紧，臆测多子虚。

会师马场坪，传檄贵阳都。

米贱无人籴，屋旷无人居。

死城憎白日，杀气弥亨衢。

饥鼠起攫肉，飞鸟来乘蜍。

维时坐榷廨，置僚桐梓区。

三人实殿后，我与毛及吴。

自度不得脱，去死只须臾。

饭罢正愁对，独山传退胡。

爆竹喧近市，市人腾欢愉。

空城竟却敌，天诱其衷欤？

乍如重负释，恍若大病苏。

河山解薄愠，草木回春腴。

生还又可卜，与期遵渚凫。

行者空劳劳，居者何敷敷。

一静胜百功，千密投一疏。

吁嗟危难顷，巧智曷若愚！

1945年

罗家伦

罗家伦（1897—1969），字志希，笔名毅，浙江绍兴人。1917年入北京大学文科，与傅斯年等创办《新潮》月刊，参加新文化运动，选为北京学生界代表。1920年留学美国，入普林斯顿大学、哥伦比亚大学。1926年归国后参加北伐，任国民革命军司令部参议。1928年任清华大学校长。1931年1月调任中央政治学校教育长。抗战后，出任驻印度大使。

庐山含鄱口远眺

一畦水稻一畦云，半带山光半衬晴。
满眼平湖沙万亩，征帆鸥翅不分明。

1936年

陇海道中

时民国二十六年淞沪战起，政府西迁洛阳。

莽莽平原逐太行，滔滔河水拓沙场。
鹰扬一击三千里，狐鼠何来睨上方。

1937年

张自忠将军挽诗

台庄战罢战随军，横扫群倭不顾身。
莫把死绥成恨事，中原留得一军神。

屏障荆襄数出奇，将军桴鼓系安危。
他年岘首镌遗墨，字字感深堕泪碑。

任中敏

任中敏（1897—1991），号半塘，江苏江都人。曾任教四川大学。晚年在扬州大学为教授。著有《唐诗弄》。身后出版有《任中敏先生诗词集》。

和王子畏桂林寄诗

江山到底为谁留？最是萧墙阋未休。
欲起炎黄同一哭，子孙如此祖宗羞。
敌骑犹虚祸暗投，万家焦土恨难休。
可怜一曲漓江水，难洗千年八桂羞。
桂蕊西风缀满头，无端冷落画城秋。
遥思成顺桥边路，谁拾松针话旧游。

1944年

伤 心

　　十一月二十八日，由山环出雅瑶，越峻岭，喘息不胜，有亭可憩，乃碧血连泓，腥风刺鼻，说者谓我士兵遇敌牺牲。地上犹委军帽、弹壳。相见当时仓皇就难之惨。噫，敌何其悍，我何其怯钦！军势既颓，兵民皆鸡犬耳。二士枉死空山，烦冤莫白，伊负国钦！为之哀伤愤懑，久不去怀。

此亭风雨太伤心，我士可辜恨不禁。
已失军魂蝼蚁泣，从无人道蟋蛄吟。
星星仇耻星星血，寸寸山河寸寸金。
国破漫嗟人种贱，极天回照日初沉。

1944年

姚钝剑

姚钝剑（1897—1968），江西南昌人。早年毕业于江西法政专门学校，辗转受聘吉安、樟树、赣省、浮梁、鄱阳中学。著《养晦园诗草》。诗多山水之趣，不务雕镂，而神情高妙。

秋日薄暮行藻林道中

日暮风初紧，群山渐合围。
路从岩穴觅，尘向马头飞。
深谷来空响，乱峰掩夕晖。
隔桥灯火出，知已近柴扉。

山中绝句四首 选三

（一）

地似限山中，天如覆树杪。
人立向斜阳，浑疑天地小。

（二）

峰影槛前移，松声门外起。
一梦乍回时，残阳堕溪水。

（三）

大雾掩孤村，眼中不见树。
翻疑四面山，一夜收拾去。

谢觐虞

谢觐虞（1897—1935），字玉岑，江苏武进人。历任永嘉十中、爱群女中教师。有《玉岑稿》。能写民间疾苦。

苦 旱

几多风日竭溪河，乱后天灾可奈何！
辛苦五更民力贱，桔槔声里听秧歌。

永嘉杂咏

爨舍常传月下歌，清游如梦坠银河。
绛纱弟子才如海，槛凤叱鸾可奈何。

顾 随

顾随（1897—1960），字羡季，号苦水，河北清河人。1920年毕业于北京大学，先后在河北大学、燕京大学、辅仁大学任教。著有《驼庵诗话》《苦水诗存》。其诗出入陆游、李商隐、杜牧、黄庭坚、陈与义诸家。力求振拔，有骏快不羁之气。

开岁五日得诗四章 选一

夜鹊南飞尚绕枝，人天心意两难期。
高原出水始何日，深谷为陵岂一时。
故国旌旗长袅袅，小园岁月亦迟迟。
少陵已自伤摇落，却道深知宋玉悲。

1938年

家居喜雪晴，吟寄

冻雀踏枝争作声，炊烟漠漠闭柴荆。
颇思大海云低压，又见孤村雪乍晴。
事业由来多画虎，功名无分到书生。
羊裘鲁酒闲中过，懒向故人道不平。

1932年

三　更

三更小立一披襟，风送柳花香满林。
凉露从教湿雁背，繁星试与证春心。
九天玄鹤千年寿，东海苍波万里深。
有尽生涯无尽意，群山北向月西沉。

凄　凉

凄凉始觉客无家，镜里颜凋感岁华。
去日悠悠蛇赴壑，留痕处处蟹行沙。
冻蝇自曝窗前日，残菊犹开叶底花。
老我颓然少佳趣，糖霜酪乳点红茶。

人　间

也共行人逐水流，孑然真似海中沤。
长天星影摇摇坠，远市灯光煜煜浮。
惊看明驼渡沙漠，真疑华屋亦山丘。
书生莫恨行路少，此是人间汗漫游。

秋阴不散，霖雨间作

出巷行人少，衷心念未停。

新吾非故我，四鬓尚双青。

云压疑天矮，雨疏闻地腥。

觅车始缓缓，张盖自亭亭。

1947年

阮退之

阮退之（1897—1979），广东阳江人，毕业于广东高等师范，历任广东七中、阳山中学校长、暨南大学教授。其诗沉挚出于轻丽。有《阮退之先生诗集》。

偶　测

偶测乾坤劫未消，五更无剑亦无箫。
咸阳古道诸年少，解忆江南不忆辽。

江　行

五月舟行过白门，桑麻两岸树千村。
黄河老去珠江小，浩荡长江是国魂。

空　阶

空阶对月成孤赏，小阁听涛带恨声。
二十九年春梦冷，不曾倾国误苍生。

潘天寿

潘天寿（1897—1971），浙江宁海人。曾师从吴昌硕学国画。吴赞咏其奇才乃山水所化生，有诗句云："龙湫飞瀑雁荡云，石梁气脉通氤氲。久久气与木石斗，无挂碍处生阿寿。"起初在上海国民女子学校、上海美专教书。抗战时辗转浙赣湘黔川滇之间。诗如其画，格律精严，风格高古，奇崛顿挫。早年师法李白、李贺，不免有逞才使气的野逸，后来转学杜甫、韩愈一路，后专攻宋诗，兼雄奇奔放与清新俊逸于一体。

黑龙潭

空山寒凝一潭水，泠泠百尺清无比。
白云瀚郁苔色深，汉月孤飞照兰芷。
下有骊龙睡故故，不霖雨与怒涛起。
拟从嵲谷折长竿，来向波心钓龙子。

自大灵湫归灵岩寺

一磬铿然落，残僧欲掩关。
夕阳萧寺远，人语短筇闲。
万象悬溪澈，禅心共石顽。
遥闻铃铎响，黄叶满深山。

晚入武康境

天向帽檐侧，峰回马首行。

灯红村上火，人语夜归耕。

地僻官轻税，民稀俗老成。

武康山水邑，何碍客宵征。

猛　忆

何年归掩有柴扉，归计无多未尽非。

涉世已疲牛马走，点睛为破壁龙飞。

碑寻碧落书凝指，梦酽乌程香满衣。

猛忆梅花分外好，月华孤屿影依稀。

登燕子矶感怀

掠波燕子势无伦，翠壁丹崖绝点尘。

四塞烽烟谁极目，江风吹上独吟身。

渡湘水

风裳水佩想依稀，云影烟光落画旗。
谁问九嶷青似昨，泪痕仍和万花飞。
征袍风雨太披猖，已上衡阳向贵阳。
十万峰峦齐点首，轻车无恙过潘郎。

1938年

惊　心

杜子支离鬓久丝，怎能了不为秋悲。
苍天真死黄天立，泥马尽堕铜马驰。
但有河流清可俟，未容海渴止无期。
惊心涕泪衣裳满，闻会东南百万师。

1944年

吴三立

吴三立（1897—1989）曾用名山立，字辛旨，广东平远人。历任中山、勤勤大学教授。曾师从黄节，受其影响，其诗瘦健入神。著有《靡骋集》、《辛旨近诗》。

殊方寒食闻寇陷南昌

吴头楚尾路三千，惊报洪都煽卤膻。
落日空衔帝子阁，春风谁泛九江船。
心伤故国思乔木，野哭千家上墓田。
对此茫茫丛百感，坐闻鹈鴂咽寒烟。

冯 振

冯振（1897—1983），字振心，号自然室主人，广西北流人。就学上海南洋中学，为陈衍、唐文治弟子。1917年归广西，历任教北流等地中学。1927年担任无锡国专教务长兼代理校长。抗战时国专辗转迁桂林、北流、蒙山等地，冯振尽力操持。著《七言律髓》《诗词杂话》《自然室诗稿》。师法陶渊明、杜甫、白居易、苏东坡，以自然清新为诗法。自言："天地文章随处是，水流花发少人知"（《自题诗集》）。

舟中梦醒观群山

舟中忽梦觉，起坐环峰峦。
罗列如美女，一一垂云鬟。
行列忽欲断，白云还相连。
秀丽谁能匹，娇羞半掩颜。
顾我送微波，若来又姗姗。
凝睇心如结，欲即势难攀。
相对销精魂，坐使我忘餐。
变化何倏忽，焉辨云与山。
云外山自静，山中云自闲。
不知江上望，何似梦中看。

1920年

伤楠儿四首 选一

汝死前二日，汝母病忽剧。

循床汝涕流，恐惧生死隔。

谁知久病母，尚负哭子责。

汝死母则闻，母哭汝岂识。

苍鹰攫黄鸟，迅捷不可测。

汝死实似之，变化真顷刻。

我心几欲裂，我气几欲塞。

恐增汝母伤，酸泪屡强抑。

使汝不早慧，操行或失德。

父子恩虽深，痛不若是极。

苍天既难问，抚膺长太息。

1937年

勾漏岩葛仙祠大风雨，祠前水满成湖，席上示萧秘书

真成平地变江湖，万壑风翻窍尽呼。

重叠浅深峰隐现，纵横疏密雨模糊。

怪藤忽作瘦蛟舞，危壁时思只手扶。

消得岩间一壶酒，懒寻灵药认丹炉。

1939年

蒙山文尔村诒国专同人

避寇翻成避世人，桃源四面隔通津。
山中有酒何妨醉，手里无钱未算贫。
敢拟郑公安处鲁，休方孔子厄于陈。
相从狂简二三子，辛苦砻磨养性真。

1944年

桂林、柳州相继失守，悲愤填膺感而赋此

世间怪事真难说，大邑通都一炬休。
只道西南撑半壁，忽惊桂柳失金瓯。
奇谋漫自夸焦土，死守何人据上游。
十万灾黎抛掷尽，宜山西望泪难收。

1944年

吊柱尊墓

一尊满意复同倾，岂料沧桑隔死生。
万劫不磨知己在，百端难语寸心明。
重泉应抱千秋恨，早世翻教后累轻。
宿草荒坟吾敢哭，迸攒酸泪只吞声。

1946年

惠山访楠儿墓

九年重到亡儿地，忍泪先寻寄柩场。

抔土剩看埋骨了，短碑空对夕阳荒。

身更丧乱渐衰老，汝在泉台可健康？

楮帛手焚收到否？飞灰心绪共茫茫。

1946年

黄海章

　　黄海章（1897—1989），号黄叶，广东梅县人。中山大学教授。著有《中国文学批评简史》《黄叶诗钞》《黄叶楼诗》。工五言。

千步沙晚望

天际晚风来，海潮恣潆漾。
眩目白光摇，激石馀声壮。
茫茫东海东，大月团团上。
矫首望长空，心与云俱放。
疏林鸟已栖，绝岸舟犹荡。
滩畔一徘徊，幽情成独往。

1927年

遂溪薄暮郊行作

莽莽平沙路，遥遥万里心。
独行非傲世，一往恨情深。
黄叶看秋尽，奇愁带酒斟。
寥天听鹤唳，萧瑟起商音。

1933年

戊寅除夕

万怪撑胸出，繁忧集此宵。

废兴家国泪，往复古今潮。

世眼看全白，孤衷雪自浇。

不眠惭杜老，战伐可能消。

1938年

周恩来

　　周恩来（1898—1976），字翔宇，江苏淮安人。是伟大的马克思主义者，伟大的无产阶级革命家、政治家、军事家、外交家，党和国家导人之一，中国人民解放军创建人之一，中国人民解放军主要创建人之一，中华人民共和国的开国元勋，是以毛泽东同志为核心的党的第一代中央领导集体的重要成员。有《周总理诗十七首》《周恩来选集》等。

为江南死难者志哀

千古奇冤，江南一叶。
同室操戈，相煎何急！

1941年

王淑陶

　　王淑陶（1898—1991），广东中山人。历任广州华侨大学校长，重庆中华文商学院院长。著有《新哲学体系》《物理学与心理学之新关系》《陶园诗文钞》。

抗　战

堂堂旗鼓起神州，剑气真能射斗牛。
已报军前诛马谡，肯教城下有谯周。
二骰合为收秦骨，三户还当复楚仇。
大汉天声震今古，相期不负少年头。

丰子恺

丰子恺（1898—1975），原名丰润、丰仁，浙江崇德桐乡人。先后任教于浙江大学与国立艺专。漫画家、文学家、美术家、音乐教育家。喜好陶渊明、白居易诗，追求冲淡自然，工白描，重寓意，隽永疏朗。著有《缘缘堂随笔》等。

寇 至

寇至余当去，非从屈贾趋。
欲行焦土策，岂惜故园芜。
白骨齐山岳，朱殷染版图。
缘缘堂亦毁，惭赧庶几无。

1937年

避寇中作

昨夜春风上旅楼，飘然吹梦到杭州。
湖光山色迎人笑，柳舞花飞伴客游。
楼阁玲珑歌舞地，笙歌宛转太平讴。
平明角鼓催人醒，行物萧条一楚囚。

1938年

辞缘缘堂

江南春尽日西斜，血雨腥风卷落花。
我有馨香携满袖，将求麟凤向天涯。

1938年

蜀　道

蜀道难行景色饶，元宵才过柳垂条。
中原半壁沉沦后，剩水残山分外娇。

1943年

寄长子华瞻

忆汝初龄日，兼承两代怜。
昼衔牛奶戏，夜抱马车眠。
渐免流离苦，欣逢弱冠年。
童心但勿失，乐土即文坛。

1943年

寄阿先并示慕法菲君

梦里犹闻祖母香，儿时欢笑忆钱塘。

幸逃虎口离乡国，淡扫蛾眉嫁宋郎。

却忆弄璋逢战乱，欣看画荻效贤良。

玉儿才貌真如玉，儒雅风流世有双。

1945年7月

田　汉

　　田汉（1898—1968），字寿昌，湖南长沙人。曾与欧阳予倩等创办南国艺术学院、南国电影剧社，先后主编过《南国周刊》《南国月刊》，是我国早期戏剧、电影事业开拓人之一。三十年代初组织左翼剧社，任"左翼戏剧家联盟"书记，因演《回春之曲》被捕，不久出狱。抗战爆发后，任国民政府军委会政治部三厅六处处长，组织十个抗敌演剧队与四个抗敌宣传队到各战区开展抗日宣传工作。著有《田汉诗选》。

上海南市狱中四首 选一

平生一掬忧时泪，此日从容作楚囚。
何用螺纹留十指，早将鸿爪付千秋。
娇儿且喜通书字，巨盗何妨共枕头。
目断风云天际恶，手扶铁槛不胜愁。

1935年

狱中怀安娥

昔年仓猝学逃亡，海上秋风客梦长。
斗室几劳明月访，孤衾常载素薇香。
君因爱极翻成恨，我亦柔中颇带刚。
欲待相忘怎忘得，声声新曲唱渔光。

1935年

重访劫后长沙

长驱尘雾过湘潭，乡国重归忍细谈。

市烬无灯添夜黑，野烧飞焰破天蓝。

衔枚荷重人千百，整瓦完垣户二三。

犹有不磨雄杰气，再从焦土建湖南。

1938年11月

长衡道上十一首 选一

白露坳边鸡乍鸣，一钩残月两三星。

长途未敢辞劳苦，我是南行前站兵。

1938年11月

无 题

故人双鲤是耶非，念我南征久未归。

策杖几回惊白露，读书常是恋春晖。

潮来差免蛟龙得，风起时看虎豹飞。

各有天涯髀骨感，长驱何日突重围。

题徐悲鸿《怒猫》图

已是随身破布袍，那堪唧唧啃连宵。
共嗟鼠辈骄横甚，难怪悲鸿写怒猫。

1942年

饯别费正清博士

十万人民叩帝阍，依然鼙鼓满中原。
请看今夜送行者，半是伤痕半酒痕。

1946年

朱 奇

朱奇（1898—1978），字大可，以字行，号莲垞、亚凤巢主，斋名耽寂宦，浙江嘉兴人。年轻时为清末词宗朱祖谋所重。历任诚明文学院、正风文学院、南通书院、无锡国学专科学校教授。著有《说文匡谬》《石鼓文集释》《中凤集》《耽寂宦诗》。

沈乙庵乡丈挽诗

檇李三百年，文献何纷披。

竹垞既先登，篛石复继之。

公出虽稍晚，绝学谁能窥。

吾宗老侍郎（朱祖谋），谒公每我携。

荼䕷花正繁，醰醰听说诗。

颜鲍堪伯仲。二谢讵等差。

陶公与杜老，貌异神不离。

退之弹古调，东野和哀丝。

一弹再三叹，信非近世为。

不见才几日，惊闻召群医。

趋视已寝疾，我来嗟何迟。

庄周说至人，寐觉情无移。

陈词寓一哀，聊以哭我私。

1922年

上石遗先生

海藏横绝散原奇，鼎足还推老石遗。
无己头衔惟教授，去非风义故嵚崎。
斜街花木垂垂晚，上巳杯盘细细追。
我亦宣南坊畔客，黄尘拂面怅来迟。

姚劲秋姻丈招往苏州张园观梅

一番晴又一番秋，酿得春寒尔许深。
蜡屐有人成独往，凭栏到处为沉吟。
疏香恰称风前赏，绝艳还从水畔寻。
老去看花浑已懒，未妨此地共题襟。

丙子中秋后一夕郁餐霞茧于乔梓，招集昧园眺月限轸韵

残荷瑟瑟西风紧，邻寺钟声时一引。
主人置酒卜今夕，要看姮娥试金粉。
清光冉冉入帘栊，香雾霏霏湿琴轸。
是谁宝镜挂长空，照澈尘寰无远近。
我曹万事不如人，从渠俗客来嘲哂。
惟有清风与明月，年年揽取无穷尽。
遥忆东坡承天寺，九百年来几画本。
题诗亦欲记清游，却愁韵险吟难稳。

1936年

春　感

白门回首镇无聊，寂寞荒城打晚潮。

三匝难依怨乌鹊，一枝易失叹鹪鹩。

收京争盼将军李，避地还思处士焦。

草长莺飞人不见，惊心上巳又明朝。

1938年

朱自清

　　朱自清（1898—1948），字佩弦，江苏扬州人，原籍浙江绍兴。1917年考入北京大学，毕业后在杭州、扬州教书。期间发表新诗、散文，声名大著。1922年以后转而创作旧体诗，辑《敝帚集》。1925年聘为清华大学教授，后任中文系主任。抗战时在西南联合大学为教授。抗战胜利后，拒领美国救济粮。1948年8月因贫病在北平逝世。一生著作近二百万字，有诗集《犹贤博弈斋诗抄》。其诗有书卷气，严谨而清新，瘦劲而隽永。

宴后独步月下

遥遥离绮席，皎皎满疏林。
到眼疑流水，栖枝起宿禽。
苍茫浮夜气，踯躅理尘襟。
孤影随轮仄，频为乌鹊吟。

作 诗

攒眉兀坐几经时，断续吟成倦不支。
獭祭陈编劳简阅，肠枯片语费矜持。
逢人便欲论甘苦，覆瓿还看供笑嗤。
中岁为诗难孟晋，只宜工拙自家知。

小孤山

听风听水梦微醒，漠漠长天昼欲暝。
六翮浮沉云外影，一山涌现眼中青。
娉婷应惜灵肩瘦，飘拂微闻翠发馨。
廿载别来无恙否？两鬓今已渐凋零。

1926年

南岳方广道中寄内作

勒住群山一径分，乍行幽谷忽干云。
刚肠也学青峰样，百折千回却忆君。

漓江绝句二首

（一）

招携南渡乱烽催，碌碌湘衡小住才。
谁分漓江清浅水，征人又照鬓丝来。

（二）

龟行蜗步百丈长，蒲伏压篙黄头郎。
上滩哀响动山谷，不是猿声也断肠。

1938年

盛 年

盛年今已尽蹉跎，游骑无归可奈何。
转眼行看四十至，无闻还畏后生多。
前尘项背遥难望，当世权衡苦太苛。
剩欲向人贾馀勇，漫将顽石自磋磨。

1939年

得逖生书作，次公权韵

里巷愔愔昼掩扉，狂且满市共君违。
沐猴冠带心甘死，逐鹿刀锥色欲飞。
南朔纷纷丘貉聚，日星炳炳爝光微。
沉吟曩昔欢娱地，犹剩缁尘染敝衣。

1940年

近怀示圣陶

（节选）

山崩溟海沸，玄黄战大宇。
健儿死国事，头颅掷不数。
弦诵幸未绝，竖儒尤仰俯。
累迁来锦城，萧然始环堵。
索米米如珠，敝衣余几缕。

老父沦陷中，残烛风前舞。
儿女七八辈，东西不相睹。
众口争嗷嗷，娇婴犹在乳。
百物价如狂，距躒熟能主？
不忧食无肉，亦有菜园肚。
不忧出无车，亦有健步武。
只恐无米饮，万念日旁午。
况复三间屋，蹙如口鼻聚。

……

况复地有毛，卑湿丛病蛊。
终岁闻呻吟，心裂脑为蛊。
赣鄂频捷音，今年驱丑虏。
天不亡中国，微忱寄干橹。
区区抱经人，于世百无补。
死生等蝼蚁，草木同朽腐。
蝼蚁自贪生，亦知爱吾土。
鲋鱼卧涸辙，尚以沫相煦。

……

1940年

丘汝滨

丘汝滨（1898—1971），号瞩云，广东潮州人。曾任县、市电报局长。诗风近陈与义，深于意理，气象清雅而亮爽。著有《瞩云楼诗钞》）。饶宗颐题辞云："忙中乱中，所为更工，如擘新橙，其香噗人；如饮苦荈，甘留舌本。"

溪　行

一溪苦竹一溪石，石转溪流日夜声。
绝景多从尘外得，诸峰争向眼中明。
寒林坠果饥禽下，断岸为桥独木撑。
不使霜风吹鬓短，残阳倒影踏莎行。

闲　行

随意闲行不计途，出门爽气扑吟须。
潭留倩影花临镜，石作奇兵阵有围。
暇日优游呼客共，及身强健免儿扶。
溪山到处停双屐，远听峰顶叫鹧鸪。

1943年

邓均吾

　　邓均吾（1898—1969），本名邓成均，笔名均吾，默声。四川古蔺县人。在重庆广益中学时，结识吴芳吉。后往上海泰东书局编辑所工作，参与编《创造季刊》《创造日》副刊。五四运动后，继续作旧诗，又曾与陈翔鹤组织浅草社。后回到重庆，在广益中学教书。1932年再到上海，译书为生。1939年，任中共古蔺县委书记。四十年代，辗转北碚、营山等地教书。有《邓均吾诗选》。

乌江道中

滩高水激雷霆怒，峡断岩分虎豹蹲。
不是重瞳解剑地，却因联想宴鸿门。

舵楼木架乌篷顶，把舵人如鞲上鹰。
瞬视滩心放船去，惊得辟易漩涡平。

1925年自上海返川

青 山

千山浓绿饯残春，雨霁云飞翠欲凝。
莺语老时鹃正苦，不如归去唤何人。

青山分绿到平畴，碧水时时白鹭浮。
晚风穿树闻香泽，高柳鸣蝉忆故邱。

过炮台湾

海吞江吐水云交，旧垒荒凉野鹊巢。

丝柳笼堤堤织梦，杂花飞雨雨添潮。

年华暗换洋场在，风景无殊故国遥。

将晚楼台歌吹沸，谁怜孤悄月儿高。

1932年时在淞沪抗战之后

夜雨闻鸟雀声

庭树浓阴合，黄昏鸟雀喧。

共欣云出岫，哪觉雨倾盆。

夜黑飞难起，风狂势欲翻。

万方忧陷溺，微物更谁论。

1946年

自　题

生来不具奴性，自审亦非英雄。

收拾万千矛盾，持来铸个沉钟。

素月流开秋夜，青芜绕砌蛩声。

清幽于我无分，我独爱听鸡鸣。

1946年

李家煌

李家煌（1898—1963）字元晖，号骏孙，弥龛，安徽合肥人。工诗，传承陈散原衣钵。得曾履川推许。著有《佛日楼诗》。陈三立题辞评其诗"天骨开张，艰崛芳馨，有高诣苍格"。

湖楼夜坐

波暖孕凉吹，水窗夜不扃。
翻廊鸣骤雨，掠座闪流萤。
云物争千幻，歌呻媚独醒。
明朝还蜡屐，飞雨绕湖亭。

连朝晴暖如春，乘兴遂游支硎

冬暄讵可恃，石气接纷纷。
天意私游子，晴峰搁冻云。
叶飞山愈静，泉活涧堪闻。
旧步追春迹，苍崖暗不分。

1921年

沪西郊兆丰园万航渡绕其背，林泉翳美，自夏徂，秋游涉成咏

闉

圜围舒倦目，野适息烦襟。
共照水边影，将安尘外心。
霜花明废径，病叶响空林。
此意凭谁写？君观雁鹜音。

一镜摇秋色，千枝净夕阳。
楼台移市影，葭葵吐波光。
在水皆成趣，移山即可藏。
流人十七载，咫尺负江乡①。

注①：园故不纳国人，今夏始易恶例，敛钱听人。

1929年

西山遇雨

强持尘面对西山，照眼龙泉似我闲。
底事纷腾作云雾，更回泥泞向人间。

扶疏花木改禅房，鸠舌端居满上方。
山色自深钟磬寂，清凉无地著吟床①。

注：①诸寺胜境皆为西人逭暑所据。

微明散步万航渡公园

渴星坠眼忽在水，纤月从之浴不起。
水边欢影载梦去，野色波光寂无滓。
我来夜缝拾真凉，惊叶疏蛩犹未已。
星光曙光澹难拟，绿园一白没我屐。
微馨草树赴吐吸，露下发肌湿可喜。

沈轶刘

　　沈轶刘（1898—1992），上海浦东人。毕业于上海中国公学文学系，抗战时流离福建，任职于南平商业学校。著有《繁霜榭集》。

己庚杂事

黑波年少健，咸水竞探蛟。

龙背乘时滑，仙槎去日胶。

秦饥谁乞籴？齐远竟论交。

独趁东风发，何人念覆巢？

1930年

闽　江

一剑横天去，双溪划地开。

乱山封容口，落日下南台。

峡束乌龙走，潮生白马来。

东流旗鼓急，形势仗奇才。

榕友惠柑

福州柑实作琼波，野客携来不用驮。
春刌听鹂思汉服，秋枰放马烂唐柯。
梦中故国黄衣沸，海上三山绿树多。
饱唼好寻中秘语，日高犹未逾淮河。

1947年

四 月

花落江南道，草馨乍入棂。
竹多池月碎，鱼熟水风腥。
疏雨不成碧，乱山无数青。
平畴足新意，说与鹧鸪听。

1948年

己丑秋送三儿北归

奇哀刻骨计难销，碎灼愁肠寸寸焦。
万里秋阴飞木叶，十年乡梦逐江潮。
橘洲霜冷家何在？桑井风寒世愈嚣。
送尔北归无骨肉，天涯独剩只身飘。

1949年

邓散木

邓散木（1898—1963），字钝铁，生于上海。曾创办南离公学。以书法篆刻名家，被誉为书坛的江南祭酒。其诗求奇求新，奔放磊落而不失淳真。著有《邓散木诗选》。

自题《三长两短斋图》

口沫曾博当世嫌，酒酣欲挟东流还。
平生解狂不解事，兀兀涠敝群书间。
此生不幸落鞅掌，终日歌呼自怡欢。
百钱挂杖万事轻，犊车踪遍江南城。

自　挽

淞江云水正苍茫，忽见寒星落大荒。
短发难留狂岁月，断碑犹剩碎文章。
十年种木虚春色，何处传杯更酒香。
憔悴雁鸿天末意，从今不忍顾池湟。

1932年

为南亭治印

星躔夜聚霜锷坚，怒犁白石耕紫烟。
耕罢狂歌将进酒，和以卅二琵琶弦。

端午游安亭车中作

麦旗经眼黄一角，湖水有时漾四围。
小竖傍畦呼犊过，西风牵树逆车飞。

自青田至永嘉江行

九折波翻龙窟穴，四围春浸野人家。
乱山撑骨风霆健，飞橹排空日影斜。

谒郑延平祠

祠在台南开山街，亦称开山王庙。殿后有延平手植梅一本，因与叔范留影其下。

虎掷龙腾起异人，寸天尺地亦长城。
孤忠合拟田横岛，远略曾收赤嵌兵。
海外衣冠存正朔，蛮荒草木识威名。
一龛香火寒梅发，应念虫沙劫屡更。

1947年

邵祖平

邵祖平（1898 —1969），字潭秋，江西南昌人。早年师从章太炎研文字。先后执教于东南大学，浙江大学，之江大学。三十年代游历粤、桂、黔、川等省，先后为四川大学、重庆大学教授。著有《培风楼诗存》，获国民政府颁发文学一等奖。后又有《续存》、《培风楼诗余》问世。出入唐宋，溯杜攀韩，闳肆健举，气骨清峻。汪兆镛评其诗云："潜气内转，真力外腓。戛戛独造，不坠凡响。"

感　事

袖手人天意可哀，明堂梁柱付蒿莱。
酣嬉共养方张冠，揖让同斟满饮杯。
城郭纸鸢春物阜，精兰清磬法轮开。
将军汉水为池日，河上逍遥唤不回。

1932年

南京失陷悲感

三月淞沪战，荡决十已属。
迹奋善兔脱，神全工瓦注。
洎乎大场败，劲气沮何遽。
火炎昆冈玉，虎隐阛闤墓。
千里竟畏人，三舍避焉赴。

侧闻弃甲奔，夺门自践仆。

舟中指可掬，披发公竟渡。

临风万家啼，门板缚婴孺。

浮沉委江水，天亲负慈拊。

石城应缺角，龙蟠俨藏怒。

妇女迫横陈，男儿困刀踞。

血染秦淮碧，肠挂白门树。

断头无严颜，结缨谁子路。

遂令虎罴雄，散作鸟兽骛。

我书三万卷，丹铅凤栖素。

一朝会同尽，烟尘灼蟫蠹。

大劫空萦臆，永别苦烧虑。

国土已羶秽，读书复何慕。

尧封兀有尽，鲸波涌无住。

不闻街亭诛，讵望储胥护。

潇潇雨愁人，聆歌时欲暮。

1937年

杭州失陷后作

绝代湖山落贼边，媚鬟娇睇为谁怜。
料无艇子载风月，定有清愁化作烟。

闻人述八路军平型关之捷

厚地高天俨合围，重岩叠嶂卓红旗。

钞粮彭越汹呼动，斫阵甘宁露刃奇。

铁骑尽奔惊草木，雄关固锁敌丸泥。

烟霾扫荡乌鸢喜，问雁呼卿正此时。

1937年

阳朔舟中

群山跳踉来，猿猩捷攀蹂。

蛙钝不能争，恚怒伏溪口。

黠者真自圣，凌跨世莫有。

悍者戾其背，殷顽定谁剖。

因思大化中，资性各有取。

效子固未能，学我定蒙咎。

天骥不受絷，狮子法当吼。

呀然双峰开，部曲低培嵝。

云根束笋稠，滩急万鼍走。

衽席且安坐，篙师策勋久。

飞句速图形，舵楼艳杯酒。

1938年

七星岩后簸箕诸岩

嶙峋石壁耸烟霄，根插虚无瞰豁寥。

洞诡簸箕摇广舌，峰寒栖鹘堕危巢。

勘磨天骨神工出，呼翁秋阴魅影交。

似恐幽森惊客胆，两三红叶晚风捎。

鲁南大捷，美桂中将士

洙泗膻腥久黯伤，台儿庄小竟能香。

将军旧是李光弼，部甲今犹王彦章。

芒碣风云真矫矫，中原旗鼓正堂堂。

一挥足掣狂鲸海，始信南强不可量。

1938年

香港浅水湾

真见蓬莱清浅流，青瑶万簇水边秋。

晓风眉月应凋鬓，午梦潮音合转头。

天外鲮�谁得种，海中介蜃自生楼。

无情有恨歌声远，狎浪夷娃半臂浮。

车行入贵州境，山路奇险，春物甚丽

六首 选二

（一）

嫩晴一峰飐不定，白云拖雨还沉溪。

春工欲试桃花浪，蛮女红妆满面啼。

（二）

嫩绿因依山倒退，猩红点注壑迟萦。

车窗瞥眼关春事，不为娇莺恰恰鸣。

陈颖昆

陈颖昆（1898—1988），字南士，江西高安人。1918年入武昌高师，醉心新文化，好作新诗。任教南昌二中、心远中学时，更辙而作传统诗。抗战时入旧省府教育科。后迁台。有《待归草堂诗集》。诗风清真淡雅。

沿溪渡

江上云低细雨霏，风轻燕子贴波飞。
林烟漠漠遥山隐，墟市喧喧估舶围。
隔雾塔疑僧入定，临江鸥游客忘机。
旧游最忆金滩宿，压岸千嶂绿暗扉。

送春次黄仲老咏

南徐奉手卅年馀，劫隙何期共酒卮。
海内早知名父子，卷中真见晚唐诗。
已缘忧国添霜鬓，犹忆征歌对黛眉。
一笑归来秋正好，蓬山风物足栖迟。

第二次湖北会战大捷喜赋

二年前是擒胡地，又报虾夷卷土来。
幕阜绵绵京观在，洞庭莽莽阵云开。
定教覆辙埋泥足，哪许虾夷炽死灰。
可笑专机迎记者，盘空翻看曳兵回。

趣园杂题 选二

（一）

竹树溟濛一望深，绿阴微露玉华岑。
小窗寄我无穷境，林隙斜阳照独吟。

（二）

庭花如雪尽飘茵，划地东风了却春。
烽火故园消息恶，四山多少避兵人。

泰和上田村避空袭作

墨子削木鸢，其器后无述。
泰西尚淫巧，御敌偏有术。
用以助攻战，如虎附铁翼。
雁阵远行空，须臾毁城邑。

警笛一酸嘶，趋逃尽匍匐。
我炮方射空，乱弹已下击。
爆炸响巨雷，烟焰穿霄黑。
自兹警报频，奔避虞不及。
肮肮上田村，峨峨玉华侧。
行署驻在地，亦为寇所迹。
六月日初五，寇机果乘隙。
雁阵飒然来，势若风雨疾。
居人骤空巷，纷如过江鲫。
黄发杂垂髫，扶携度阡陌。
相将入林莽，或蜷伏沟洫。
罔惜衣履濡，不顾在荆棘。
隐隐汽车声，乍闻仍失色。
翘跂到解严，方欣重负释。
遂有持重者，乱晴先避匿。
晨兴趁岩谷，倦归待日昃。
如是以为常，遇雨始不出。
恒晴厌淫雨，今反愁杲日。
吾闻古义战，不杀无辜一。
胡寇独非人，逞残至此极。
侵我未设防，悍违国际律。
我纵成焦土，寇终何所得。
不义将自毙，拒寇宜愈力。
复仇可百世，一洒吾敢必。

黄曾樾

　　黄曾樾（1898—1966），字荫亭，福建永安人。毕业于马尾海军学校，赴法国留学，入里昂大学获文学博士。归国后历任交通部秘书、福州市市长。1947年任教育部督学参事与福建省音乐专科学校教师。著有《老子·孔子·墨子哲学的比较》、《埃及钩沉》、《陈石遗先生谈艺录》、《慈竹居诗集》。为诗学同光体，沉哀悱恻，瘦健如骨，涩而味腴。

湘黔道中杂咏　选三首

　　断知鱼烂悲何及，瘴雨蛮烟一例思。
　　未即埋轮从此逝，望门投止莫轻之。

（其二）

　　道径回环蚕作茧，峰峦起伏浪翻江。
　　崎岖阅遍人间世，肯为蛮儿气便降。

（其三）

　　九死残魂到夜郎，饫经悬壁万盘肠。
　　流离未倦平生意，时上峰头望建康。

（其六）

北宁道中

榆关不守守滦河，灞上群儿奈尔何。
来吊桥头新战迹，居人能说已无多。

纵教海水都成泪，难写塘沽过客哀。
解事飙轮如电掣，不容北望首千回。

双　江

流行坎止欲谁欺，闲散宁真性分宜。
戎幕潭潭容托命，蜀山兀兀入支颐。
形骸坐阅兴亡尽，忧患终疑造化私。
空剩胜天坚念在，双江如泪对疮痍。

病 树

病树还留几日阴，凄惶相对只孤吟。

残生敢笑三秋叶，未死真怜一寸心。

酒与排愁无奈醒，书能遮眼不妨淫。

泪痕血点垂胸臆，杜老沉哀孰浅深？

访石遗故居花光阁

舌底潮音不可听，海棠两树亦凋零。

重来花下谈经地，剩有苔痕似旧青。

杨匏安

杨匏安（1898—1931），广东香山县（今属珠海市）人。先后在广州时敏中学、南武中学、省立甲种工业学校任教。1922年任广东区团委代理书记。1924年1月国民党"一代"时，代理中央组织部长。1930年，调任中共农民部副部长，因叛徒出卖而被捕就义。酷爱写旧体诗，力求绝俗清高的境界。著有《杨匏安诗选》，自序中认为"诗文一道，首贵无俗气，外质中膏，声希趣永者，上也。然欲诗文之无俗气者，必其人先无俗气"。

泛 舟

荔子湾头日欲低，棹歌轻发水禽啼。
扁舟逐向深烟去，小树长教万绿迷。
霸气已沉文物改，云流垂尽管弦凄。
天心厌乱人思乐，底事春城尚鼓鼙？

秋夜同无庵闲步

拂面西风病乍苏，柳堤行尽屐声孤。
大江潮涌初圆月，浅渚秋惊熟睡凫。
借次清霜坚傲骨，拼将浊酒斗羸躯。
多时不作还乡梦，旧种黄花尚有无？

二十四初度

朝来妇子共嬉嬉，病起犹堪进一卮。

堕地孰教成鞅掌？全天吾与学支离。

栖心莫梦藏隍鹿，袖手休弹覆局棋。

喜奉高堂班果饵，偏将此日忆儿时。

1926年

示狱友

慷慨登车去，相期一节全。

残生无可恋，大敌正当前。

知止穷张俭，迟行关褚渊。

从兹分别去，对视莫潸然。

1931年7月

严叔夏

严叔夏（1898—1963），原名琥，以字行。福建闽侯人。历任协和大学教授。

晨 起

荒鸡噤晓万椽霜，灵府萧寥茗碗香。
忍冻钞诗书诘屈，调饥揽镜鬓凄凉。
生前勋业麒麟笑，梦里风华蛱蝶忙。
社事故乡怜已逝，豚蹄州橘荐三郎。

春日杂咏

屋角微晴弄晓莺，唤回春梦不胜情。
摩挲倦眼骄儿笑，道是朝来尚病酲。

陈景烈

陈景烈，字致虞，号三然居士，浙江人，生在福建。三十年代，曾任福建省政府秘书长。

永安道中

山行瞬息尽延沙，远胜长途薄笨车。
怪石撑天蹲虎豹，苍松拔地起龙蛇。
前峰攒聚疑无路，一径盘旋直到家。
念乱忧生情未已，何心闲与话桑麻。

常乃德

常乃德（1898—1947），号燕生，山西榆次人。曾任教山西大学、燕京大学、成都大学，客死成都。主要学杜甫、苏东坡诗。《论新诗》云："歌诗要歌民族魂，不作呢喃儿女体。雕饰去尽露天然，馀味酝酿似醇醴。"力求起衰振敝，以充沛的民族精神为旧体诗注入新鲜血液。气势雄浑，风格遒上，以七古最见工力，纵笔挥洒，格局宏壮，意气骏迈，慷慨激昂，每有关乎历史兴衰与国运之作。吴宓认为他"实今世中国旧诗作者之翘楚"（《空轩诗话》）。

翁将军歌

引曰：上海一·二八之役，国人识与不识，皆知有旅长翁照垣者。翁守闸北，率先应战，守吴淞，凭废垒与敌死拒，屹然不为下。及师解，又殿军整旅而退。十九路军之辉誉于世界，翁之力盖多焉。闻其人沉默寡言，尝旅学欧日，于军事无所不窥。近以勋名为僚辈所挤，解职游海外。余惜其去，又为国家伤将材也。因作为歌诗以追送之。余与翁非素识，所言盖天下之公言，非以为私。故但寄知者，不复示翁。

李公昔驻春帆楼，旌旗破碎鱼龙愁。
小儿弄舟嬉东海，欲断鳌足覆神州。
修罗伸臂自天外，始遏贪吻完金瓯。
当时经营颇惨淡，岂谓时曾非人谋？
榱崩栋折三十载，坐见沧海生狂流。
高牙大纛裂疆土，赤眉铜马皆通侯。

玄黄龙战日盈野，气尽亚美凌非欧。

岂知卧榻有乳虎，磨砺渐欲吞全牛？

潜师一夜入下蔡，万里膏腴森戈矛。

三军禀令令曰遁，暮渡辽水朝滦州。

此时元戎尚镇静，罗列丝管评清讴。

中朝大官亦解事，卧阅陵谷百不忧。

弭兵惟恃向戌舌，捐地未觉珠崖羞。

扶余渤海吾故土，汉唐馀烈垂千秋。

尔来流民岁百万，斩伐蒿艾植松楸。

卢龙塞断蠮螉绝，太息烈士无田畴。

将军奋身起南纪，志挽日月回山丘。

男儿报国自有道，毛锥弃去着兜牟。

东穷扶桑西碧海，上研飞鸟深潜虬。

归来风雨漫祖国，巫祁正待庚辰收。

吴淞江头夜一弹，杳杳天际遮飞舟。

沪人噤立色欲死，朝命仍拟和夷酋。

将军长啸指须发，剑气喷薄如龙浮。

乾坤一掷箭脱手，眼底势欲无仇雠。

云蒸雾郁顷刻变，迅流转石雷鞭幽。

袒怀白刃向前去，以血还血头还头。

长江万里锁废垒，将军立马寒飕飕。

兼旬环击不得下，伏尸百步惊沙鸥。

沪人咋舌忭且舞，奔走僵汗吟啾啾。

挈壶持襦供前线，后归中继无停留。

兵残弹尽援不至，犹以殿退庇同仇。

呜呼，君不见廉颇李牧赵良将，生为逋客身羁囚？

又不见长城自坏檀道济，时人悔唱白符鸠！

骑驴湖上岂得已？乘风聊作扶摇游。

豺狼在邑狐在室，虽有奇志安能酬？

天凝地闭万物死，穷寒野哭多鸺鹠。

义军十万解甲去^①，白山黑水馀荒陬。

请君为我回辙迹，再整壮士成貔貅。

为君勒石刻琉球。

原注①：时苏炳文部甫自满洲里撤退，马占山、冯占海、唐聚五等部已先后溃退。东北义军垂垂尽矣。

1932年

鲍幼文

　　鲍幼文（1898—1961）名光豹，别字饫闻，安徽歙县人。先后为歙县吴承仕、桐城马其昶入门弟子。1929年自北京大学归家乡，先在徽州师范教书，主持教务。1932年往省立二中任教。有《凤山集》，诗尚自然，追求高华宏阔的境界，风格清新平易，意境深远。

狂　歌

黑云沉沉堆上头，四郊郁郁皆长楸。

踢天蹐地苦逼仄，久居其内同羁囚。

相传天故留缺口，如室启户人张喉。

女娲炼石亦多事，俾无罅隙成拘幽。

隆冬祁寒夏苦热，宵深鬼物鸣啾啾。

豺虎逼人猿狖舞，海水鼎沸江横流。

我思插翅奋飞去，樊笼既固遭遮留。

未识天外竟何境，此境宁可长沉浮？

愿借五丁力士手，凿破混沌逍遥游。

天不能覆地不载，风为车马云为舟。

大千世界任往来，下视此土真浮沤。

诸佛众行尽平等，谁为臧获谁王侯？

不衣不食自温饱，无寒无暑长春秋。

啼号叱咤不到耳，唯闻仙乐声悠悠。

秕糠尘垢铸尧舜，三尺童子羞伊周。

熙熙皞皞奚恩仇，绝圣弃智不忮求。

黄金委弃无人收，更从何处寻戈矛？

呜呼此乐何时休！

苦　雨

垂象阴沉始可哀，床头墙已长莓苔。

强亲衾枕支愁卧，忽卷江河撼梦来。

大野茫茫成泽国，劳生草草本轻埃。

何歆土偶还西岸，桃梗飘流亦快哉！

惊　心

各挟惊心伏草莱，微从天际辨轻雷。

芸苔依旧花如海，自倚斜阳寂寞开。

自注：去岁有"手种春光已成海，芸苔花拥一村浮"之句，今芸苔如旧而警报频传，无赏花矣。

白杜鹃花

缟衣仙袂是耶非？姑射神人玉屑霏。

夜月空山清似水，啼禽高唱不如归。

雨夜书怀

海宇连年不解兵，深宵对烛泪纵横。

漫夸骐骥能千里，但注虫鱼了此生。

魑魅森森民命贱，风雷故故客心惊。

凭君起舞同谁舞？寂寞荒鸡未肯鸣。

1943年

黄福基

黄福基（1898—1951），字养和，号公佑，江西都昌人。少年师从胡雪抱学诗。毕业于南昌师范，教书乡里，陈衍采其诗入《石遗室诗话》，并谓其"风格似诗庐而面目往往肖散原"。著有《镂冰室诗》，陈三立评点云："构思沉挚，缀语峭洁，盖能脱凡近而渐进于古之作者。"

秋日访穆庐师，湖庐晚眺因留宿

庐峰倒插玻璃盘，津山暗拓溥桑魂。
烟青涛白玩今古，我回倦眼摩秋垠。
晚风萍蓼生寒意，明湖淡引沧浪思。
逸人庐北蠡水滨，搴杜若兮折菱芰。
胸中水镜气孤绝，独嘘籁竽向空澈。
相娱酌我瓮头春，莼菰羹糁嚼冰雪。
窗灯萧寂哦新诗，诗心默默长忧噫。
迷阳未肯酺醅醨，陆沉几榘今何为？

1921年

贻珠楼雨坐寄莼弟南昌

一椽可许容吾膝，万化推移蟫蠹存。
径自痴顽凝道气，可能淡定养诗魂。
雨滋石藓蜗涎活，风破林花鷇语温。
水墨图开卧双井，几时拥鼻对清尊。

大 雪

老树酣风零叶下，土盆冻裂梅偃亚。

密云酿雪散寒空，瓦屋荒畦白无罅。

欲瞑不瞑鸦乱翻，飘灯小阁初入夜。

山泉汤鼎炉火红，打窗碎听琉璃泻。

槎枒短句气亦寒，吟破苍莽声初干。

扶栏横眼仰天笑，欲邀大月涮脾肝。

贻珠楼早起

着我羚攒晓气新，呵毫深念切孤鼙。

堕檐残雪寒侵雀，恋树初阳暖趁人。

欲问乱离天岂惜，将成骨骼世何亲。

匆匆腊尽诗怀减，起看疏梅寂待春。

闻 蛙

暝色渐已深，能使群动息。

惟馀蛙黾豪，破寂共凉夕。

稻田长蝗螟，护持尔有力。

谁肯怜勤劬，往往捕之食。

翦伯赞

翦伯赞（1898—1968），湖南桃源人。早年曾留学美国，归国后任北京大学历史系教授。

日寇犯衡阳有感

喋血常桃血未干，又传胡马度衡山。
焚书到处纵秦火，杀敌何人出汉关。
南渡君臣怜晋宋，北征豪杰遍幽燕。
莫倚巫巴能阻险，从来王业不偏安。

1944年

李黎洲

李黎洲（1898—1977），字伯羲，福建省古田人。曾参加讨袁及北伐战争，抗战爆发后任本省抗敌后援会秘书长，战后任省教育厅长。有《羲庐残稿》。其诗兼唐宋之长，浑厚中见其老健瘦涩。

山居感事

时蒋介石发动"清党"，坐挠北伐大计，身将被害，暂避于古田杉洋戚属家。

百万貔貅誓灭秦，阋墙变又起江津。
独夫自乱揪枰局，群小争燃厝火薪。
恨有难平真似海，身如可碎任成尘。
何当举国蜎蜍日，来作山楼听雨人。

1927年4月

绮 意

未许东家得效颦，熏衣理鬓镇相亲。
灯如红豆寒无语，人似黄花淡有神。
旷劫不曾销傲骨，太清无碍着微尘。
何当咫尺银河远，深浅蓬瀛怯问津。

1928年

哀无母

叩天天不应，群儿哀无母。

春草初向荣，春晖不相守。

感兹摧肝肠，揽镜惊皓首。

结缡十五年，同心无微垢。

积瘁致沉疴，群医为束手。

易箦母呼儿，声绝情未朽。

及今儿哭母，九原可作否？

慧业契他生，人天或相偶。

儿哭长唏嘘，我哭泪无有。

凉月过空帏，残更独坐久。

1941年

老 舍

老舍（1899—1966），原名舒庆春，字舍予，北京人，满族。少年时师从方远、宗子威等学诗。自言"五四运动以前，我的散文学桐城派，诗学陆放翁和吴梅村"（《老舍选集自序》）。1924年出国教书，回国后在青岛大学、齐鲁大学教书。抗战时任中华全国文艺界抗敌协会理事。以创作《骆驼祥子》《四世同堂》著名。不废吟诗，有诗云："深情每祝花常好，浅醉唯知诗至尊"（《村居》）。

乌纱岭

大浪重阴雪作花，千年积冻玉乌纱。
白羊赫壁荒山艳，红叶轻烟孤树斜。
村女无衣墙半掩，相山覆石草微遮。
周秦文物今何在，牧马悲鸣劫后沙。

别凉州

塞上秋云开晓日，天梯五色雪如霞。
乱山无数飞寒鸟，野水随烟入远沙。
忍见村荒枯翠柳，最怜人瘦比黄花。
乡思空忆篱边菊，举目凉州雁影斜。

离 家

弱女痴儿不解哀，牵衣问父去何来？

话因伤别潜应泪，血若停流定是灰。

已见乡关沦水火，更堪江海逐风雷。

徘徊未忍道珍重，暮雁声低切切催。

1937年7月

贺中华全国文艺界抗敌协会成立

三月莺花黄鹤楼，骚人无复旧风流。

忍听杨柳大堤曲，誓雪江山半壁仇。

李杜光芒齐万丈，乾坤血泪共千秋。

凯歌明日春潮急，洗笔归来东海头。

1938年3月

节日大雨，小江着新鞋来往跌泥中

小江脚短泥三尺，初试新鞋来去忙。

迎客门前叱小犬，学农室内种高粱。

偷尝糖果伴观壁，偶发文思乱画墙。

可惜阶苔著雨滑，仰天掼倒一身浆。

乡 思

茫茫何处话桑麻？破碎山河破碎家。

一代文章千古事，馀年心愿半庭花。

西风碧海珊瑚冷，北岳霜天羚角斜。

无限乡思秋日晚，夕阳白发待归鸦。

1945年

张大千

　　张大千（1899—1983），字季爰，号大千，四川内江人。1917年赴日本京都公平学校习染织。归国后在松江禅定寺、宁波观宗寺为僧，师从李瑞清习书法、诗词。三十年代初，送其画作赴日本、欧洲展览。1936年聘为中央大学艺术系教授，辞职赴敦煌摹壁画。后任中国美术学院研究员。后移居海外。与溥心畬并称"南张北溥"。题画诗清雅隽秀，逸趣流溢。著有《张大千诗文集编年》，钱仲联序云："尽取前人之长而自创新面，隽永深微如其画。"

桐　庐

危樯高挂月如梳，红紫遥分落照馀。
灯火千家鸦万点，乱山明灭过桐庐。

1931年

题《南岳图》

竹杖穿云蜡屐在，春风扶我趁新晴。
上方钟磬松杉和，绝顶晨昏日月明。
中岁渐知输道路，十年何处问升平？
高僧识得真形未，破碎山河画不成。

1933年

华山青柯坪

倦客不成寐，联床话夜分。

峰高微碍月，天净偶生云。

树影窗前落，猿声枕上闻。

明朝登绝顶，莲蕊挹清芬。

1934年

青城第一峰

百劫归来谢世氛，自支残梦挂秋云。

树连霄汉高台迥，衣染烟霞宝殿薰。

万派争流来足底，一身孤置绝人群。

诸天自罢声闻想，謦咳何教下界闻。

1938年

荷　塘

绿腰红颊锁黄娥，凝想菱花滟滟波。

自种沙洲门外水，可怜肠断采莲歌。

1942年

五色瀑

马头耀白日，鞭影乱彩霞。

天孙云锦衣，绚然绝壁挂。

银河忽如瓠子决，泻向人间添春热。

跳珠妥佩未足拟，碾破月轮成琼屑。

老夫足迹半天下，北游溟渤西西夏。

南北东西无此奇，目悸心惊敢摹写。

四山雷动蛟龙吼，万里西行一引手。

山神梦泣海翻澜，十六巨鳌载山走。

自记：自瓦寺沟至康定六十馀里，行山谷中，溪流湍急，银涛掀腾，不数海门潮也。

1947年

游国恩

游国恩（1899—1978），字泽承，江西临川人。1926年毕业于北京大学。历任武汉、华中、山东大学、西南联大，北京大学教授。以治《楚辞》名家，兼工唐律，工力深到。有《槁庵诗稿》。众体兼长，气韵浑厚，风格雄健清劲。

得涤非书寄怀

辛苦成离散，衔悲向海隅。
君今长儿女，我欲白髭须。
渐涸悲天泪，微惭许国躯。
形容能仿佛，只恐太清癯。

答修人嘉州

风行水上自成文，屡读新诗我亦云。
积健为雄能压敌，乍凉如水最思君。
应无广汉三更梦，相望巫山一段云。
何以报之青玉案，却愁江上雪纷纷。

雨夜不寐有作

积晦低天夏伏阴，平林漠漠水淫淫。

风穿破壁来强寇，雨漏中宵败苦吟。

此意直从何说起，九州不信汝将沉。

却看稚子真酣睡，凄绝难为此夜心。

夜 半

夜半惊风雨，寒潮撼小楼。

奔腾云作驾，摇荡芥为舟。

栋折桥将压，茅飞甫独愁。

今宵眠不得，丧乱几经秋。

旧历二月二十三日入滇来第七清明节

又是清明客里过，天涯游子意如何？

平原试望新坟大，归思无端野草多。

风约半池成皱锦，雨倾中溜作悬河。

江南景色滇南柳，一样群莺乱织梭。

1944年

偶　成

明月当空宿鸟栖，疏棂了了作町畦。
九天杀气冲牛斗，万窍秋声入鼓鼙。
蚁战方酣槐里梦，蝇营争转瓮中醯。
眼前忽起无穷恨，残夜低徊意转迷。

听查阜西鼓琴，赠之以诗

查侯吾乡之古人，清标拔俗尤天真。
管弦丝竹并所擅，伯牙伶伦同一身。
谁道丝声不如竹，查侯五指妙入神。
寒蝉咽露抱秋树，时鸟含风鸣翠筠。
如此妙手不易得，使我胸次无纤尘。
忆昔邂逅史城日，岂料今朝更作邻。
同来万里缘避秦，洞口桃花生古春。
夜深一曲湘水云，清言如饮醇醪醇。
与君相对久忘贫，今日作诗持赠君。
他年归耕莫因循，庐山之阳章水滨。
读书弹琴绝淄渑，明明在上闻斯言。

方东美

　　方东美（1899—1977），安徽桐城人。早年毕业于南京金陵大学。赴美国入威斯康辛大学深造，获哲学博士学位。返国后历任武昌高等师范大学、东南大学、中央政校及中央大学哲学教授。1949年迁台。有《坚白精舍诗集》。

闲　乐

美人悄立临烟溆，清韵玉姿一笑许。
世间多情问何处，嫩绿池塘啼杜宇。
愁来且过垂杨浦，闲看明月翳复吐。
万种灵奇储肺腑，郁拔顿挫寄律吕。
轻转重按移玉柱，水流云行传意绪。
大弦殷殷撼江浒，小弦密密黄莺语。
大弦小弦历乱谱，琴心未比素心苦。
波涛翻覆吼又怒，行气如虹走龙虎。
公孙大娘剑器舞，纵横有象兴云雨。
低昂高下一时抚，韵流天外松风古。
收视返听意有取，妙趣存神忘我汝。

立马长城遇暴风雨，追思往事之作

狂情剑气冲，匹马过居庸。
山挟游龙势，云奔猛虎踪。
腾雷阒怪壑，骤雨压奇峰。
矗立高墉上，心如万古松。

急雨江涨

洪涛裂地撞夔巫，危霸倾天逼楚都。
风雨纵横龙一啸，万灵趋海灭东胡。

中秋羁愁对月

悠悠太古月，照此百忧人。
碧落同流影，鸿濛共宅神。
河山惊破碎，天地剧悲辛。
赖有花如锦，浮香掠梦身。

钟 山

情无限，怀钟山。白云乱，泪痕斑。
迢迢空江几千里，春帆驶梦凯歌还。
钟山奇，难方比，灵岩巅，披绿芷。
日日幻化十二时，紫霞翠黛散成绮。
秦淮摇艳销古忧，北湖荡影洗新愁。
长江腾波壮金瓯，从今无人泣楚囚。
投鞭江上断横流，岛夷灭尽烟尘收。
白鹭洲前花影稠，栖霞山里剑虹浮。
钟山龙蟠虎踞耀神州。

啼鹃奉寄意瑰兄

艰难时会惜离群，西蜀南淮雁阵分。
飞影峨眉山上月，摇情天柱岭头云。
婵娟吐纳连枝意，空碧卷舒绣锦雯。
何物伤春喧日夜，杜鹃啼梦入无垠。

雨夜思京

蜡泪煎愁急，虫吟织梦深。
廉纤巴峡雨，寂历蜀江心。
南国三年别，东胡一战擒。
夜寒龙剑吼，肠断蒋山岑。

朱也赤

朱也赤（1899—1928），广东茂名人。1919年考入广东高等师范，转读广东公立医药专门学校。1926年先后任中共茂名县支部书记、县农民协会筹备处主任。四·一五政变后，任南路农民革命委员会主任和中共南路特委委员。1928年12月在西营被捕就义。

就　义

黑雾暗无天，豺狼当道前。
高州悲赤血，黑狱泣青年。
奋斗已经年，锄奸志愈坚。
早知遭毒手，所恨未防先。

狱卒呼吾名，从容就酷刑。
人生谁不死，我当享遐龄。
白色呈恐怖，鉴江激怒鸣。
英灵长不灭，夜夜绕高城。

瞿秋白

瞿秋白（1899—1935），江苏常州人。初任上海大学社会科学系系主任。1927年至次年任中共总书记，后到苏区任中央民主政府委员，被俘就义。有《瞿秋白文集》。

赠羊牧之

出其东门外，相将访红梅。
春意枝头闹，雪花满树开。
道人煨榾柮，烟湿舞徘徊。
此中有至境，一一入寒杯。
坐久不觉晚，瘦鹤竹边回。

1925年7月

有　赠

万郊怒绿斗寒潮，检点新泥筑旧巢。
我是江南第一燕，为衔春色上云梢。

王道诗话当其冲 选三首

（一）

文化班头博士衔，人权抛却说王权。
朝廷自古多屠戮，此理今凭实验传。

（二）

人权王道两翻新，为感君恩奏圣明。
虐政何妨援律例，杀人如草不闻声。

（三）

能言鹦鹉毒于蛇，滴水微功漫自夸。
好向侯门卖廉耻，五千一掷未为奢。

旧作录赠鲁迅

不向刀丛向舞楼，摩登风气遍神州。
旧书摊畔新名士，正为西门说自由。

雪意凄迷心惘然，江南旧梦已如烟。
天寒沽酒长安市，犹折梅花伴醉眠。

1932年12月7日

梦回

在福建长汀狱中

山城细雨作春寒，料峭孤衾旧梦残。
何事万缘俱寂后，偏留绮思绕云山？

1935 年

帅开甲

帅开甲（1899—1927），江西永丰县人。曾任永丰县总工会秘书，牺牲于"四·一二"政变中。

寄友四绝 选二

（一）

抽我青萍剑，还断洁白躯。
只因世道薄，留与故人知。

（二）

蛾由明自损，花以香生愁。
累累荒原上，由来不解忧。

李敷仁

李敷仁（1899—1958），陕西咸阳人。1936年在西安创《老百姓报》，后往渭南教书，接触社会底层生活。四十年代赴陕北担任延安大学校长。其诗歌朴实浅俗，通畅流利。

渭滨行

渭北秋高天开旷，招牛程家访渭村。

今日荞麦红似火，不是当年白如云。

两岸车马木船渡，一声警报贯长空。

悠悠三峰五千载，几见寇机乱如蜂。

浩浩秦川八百里，莫叫洋船渡龙津。

明日举国庆双十，今夜几处泪纷纷。

十八省会明月照，偷将国旗挂大门。

老翁遥向钟山拜，默念缔造民国人。

老妇教儿伤心语，莫学日语倭蛮文。

长兄暗自越墙去，迅将敌情报国军。

报国军，报国军，何时国军十万过家门？

闻一多

闻一多（1899—1946），湖北浠水县人。出身于世家望族。1913年考上北京清华学校，1922年赴美国留学，归国后历任教于北京艺专、武汉大学、青岛大学、清华大学、西南联大。1946年在民主人士李公朴追悼会上作讲演而被特务暗杀。早年创作旧体诗。新文学运动后，试图以格律来拯救新诗的冗长，以产生"中西艺术结合的宁馨儿"；又认为以往的诗缺少时代精神，希望以现代意识植入旧体诗中。

提灯会

德虏既克，寰区额庆，京师学生万五千人，以某月某日之夜，提灯为贺。是夜吾校亦有提灯游海淀者，吾弗与焉；俯思国难，感而成均：

朔云荡高天，风雷鸷隼资。
半世望三台，时乱枭雄愎。
剑龙夜叫哑，千烽赤海湄。
流星骇羽檄，涌雾腾旌旗。
摇戈叩四邻，待食决雄雌。
呜喑致云雨，践踏滋疮痍。
遂使五国师，望风频觇窥。
奋格累四载，虚糜巨万赀。
所愿晷刻淹，抵死殚莫支。
狂虏倍猖獗，血肉为儿嬉。

两耀惨晶光，寰区共愤訾。

铁骑西方来，神勇见仁慈。

长驱窜豺虎，枯萎蒙渥滋。

妖渠遁冥僻，群丑亦魄褫。

欢声震欧陆，普天毕颔颐。

共言销兵甲，升平始今兹。

万邦申应内，吾会亦追随。

嫉恶人同心，祸至人同罹。

虏挫大难戡，吾忭宁非宜？

但使试内顾，得毋泪涟洏。

豺貔本同类，猜意肇残啮。

失性沸相噬，绝脰决肝脾。

觊觎慰饥豹，忍待涎已垂。

两伤饱强狼，祸迫岂不知。

恃气耻先屈，孰计安与危？

吁嗟众黄口，大患方燃眉。

涕泣且弗遑，奈何饰愉怡。

人心有哀乐，至情不可移。

孰肯背其真，徇人作嚅呢。

我闻都人士，踊跃举盛仪。

狂花烧觚棱，千火灿迷离。

清华位遐僻，脞会犹同期。

吉金铿尘圍，我听思斗锛。

华灯耿黑树，我睹疑磷曦。

孤怀厌喧嚣，彼乐增我悲。

幽思坐冥独，愁魂忽南驰。

峥嵘跋肉卓，浩瀚涉血池。

菑疫相为弄，杀气翻天时。

昨闻和议隳，夜班百万师。

诸将喜跳踉，杀人市皋比。

田禾灼涂炭，中藏老农尸。

饿鸥唤不醒，饱餐还哺儿。

思此肝腑裂，仰天泪淋漓。

何当效春雷，高鸣振聋痴。

剖疑释仇怨，载橐图缉绥。

文教坐布敷，薰风动和吹。

然后远近来，共登春台熙。

视此区区欢，奚翅百倍之。

茫茫大千内，孰不报啜醨。

1919年5月

昆山午发

半日疲车驾，风尘顿仆仆。

亭午发昆山，登船如入屋。

孤帆抱山转，一转图一幅。

万树拥古塔，绀彩挺众绿。

幽石生片云，贴空漾文縠。

曲岸卧僵柳，碍楫数株秃。

当空跨危梁，舟穿巨虹腹。

捉鼻吟未成，浩歌骇幽鹜。

清飔荡丛薄，鸣禽隔深木。

溪回值朝宗，饱帆风如镞。

一苇寄弥漫，向若吾生蹙。

1919年

废旧诗六年矣，复理铅椠，纪以绝句

六载观摩傍九夷，吟成鹎鵊总猜疑。

唐贤读破三千纸，勒马回缰作旧诗。

1925年

释 疑

艺国前途正杳茫，新陈代谢费扶将。

城中戴髻高一尺，殿上垂裳有二王。

求福岂堪争弃马，补牢端可救亡羊。

神州不乏他山石，李杜光芒万丈长。

1925年4月在纽约

天 涯

天涯闭户赌清贫，斗室孤灯万里身。

堪笑连年成底事，穷途舍命作诗人。

陆维钊

陆维钊（1899—1980），字微昭，斋名庄微室，浙江平湖人。任教清华国学研究院、上海圣约翰大学、浙江大学、杭州大学。精书画，擅诗词，吴梅称他与徐震谔、胡士莹为"江东词坛三少"。著《庄微室诗文集》，得唐风之高华。

自大龙湫归灵岩寺

一声铿然落，残僧欲掩关。
夕阳萧寺远，人语短筇闲。
万象悬溪澈，禅心共石顽。
遥闻铃铎响，黄叶满深山。

一二八战后，闻东方图书馆被毁，柬馆中友人

残年烽火照杯明，灰烬东南劫可惊。
谁铸六州成大错，竟传城下有新盟。
难将文字传孤愤，起抚疮痍愧我生。
万念中宵来旧梦，高高星月卧长城。

黄浦归舟

入眼桅樯半百多，一江辛苦往来梭。

破空雷电摇天网，列舰旌旄酗战歌。

呼吸直疑通混沌，行藏真欲饱蛟鼍。

到家屈指中秋过，海月荒荒沸夜波。

九月十八日消息传来，悲愤不已，柬大樗南通、驾吾金陵

中年哀乐已多端，忍把边图仔细看。

屈膝讵能弭外祸，危言宁计触灾官。

已怜国脉丝丝斩，未许浮生稍稍安。

论战论和纷一是，旧京烽火早弥漫。

1932年

梁寒操

梁寒操（1899—1975），号君默，广东高要人。1918年入广东高师读书，毕业后任广州培正中学教员。1931年为国民党第四届中央执行委员，1940年任军事委员会政治部副部长 兼远征军政治部主任。后去台湾。少有才名，工诗文书法。

驴德颂

木讷无言貌肃庄，一生服务为人忙。
只知负责忘轻重，最耻言酬计短长。
绝意人怜情耿介，献身世用志坚强。
不尤不怨行吾素，力竭何妨死道旁。

答鲁恂丈

尘界群生各一天，因缘罗里逐波迁。
能鸣雁幸邀天赦，无用樗翻得久全。
阵上戈挥云反日，山中柯烂却忘年。
辞枝众叶何悲恋，落溷飘茵总偶然。

王　力

王力（1900—1986），字了一，广西博白人。1926年考入清华研究院，后赴法国入巴黎大学，攻读实验语言学。归国后历任教清华大学、西南联大、中山大学。曾以律诗形式翻译法国象征派诗人波德莱尔诗集。

《恶之花》译者序

嗜酒焉能不爱诗，常将篇什当金卮。
青霜西哲豪狂句，醇酒先贤委宛词。
夜浪激成沧海志，秋风吹动故园思。
盲心未必兼盲目，蜂蝶犹寻吐蕊枝。

1940年

无　题

东海尚稽驱有扈，北窗何计梦无怀。
剧怜臣朔饥将死，却羡刘伶醉便埋。
衮衮自甘迷鹿马，滔滔谁复问狼豺。
书生漫诩澄清志，六合而今万里霾。

1945年

应修人

应修人（1900—1932），浙江慈溪人。十七岁时去上海钱庄学徒，期间开始作旧体诗。后与杭州青年诗人潘漠华、冯雪峰、汪静之结湖畔诗社，始作新诗。后往苏联东方大学学习。归国后任中共江苏省委宣传部长。在地下工作联络时，被特务抓捕，拒捕跳楼牺牲。

拟游春

春朝闭户负良辰，绿里红间寄一身。
芳树啼莺似迎客，繁花飞蝶惯依人。
马嘶细草堤容碧，舟泊纤阴柳色新。
尽日春花看未足，惜春最是我情真。

1920年上海

落　花

石畔水涯是我家，柳阴痴立爱春华。
试猜谁皱波纹动，却见游鱼衔落花。

采桑词

春满芳郊乐意添，村村桑又绿纤纤。

但教喂得蚕儿饱，不恤溅红到指尖。

饲蚕采叶未嫌贫，罗绮何曾得上身。

卖却新丝还自笑，由来辛苦为他人。

堪笑侬家计绝痴，育蚕才罢又缲丝。

丝丝尽是蓬庐血，为问豪家知未知？

1920年

王蘧常

王蘧常（1900—1989），字瑗仲，浙江嘉兴人。在无锡国专任教，擅长书法，尤工章草。曾与钱仲联合刊《江南两仲诗》。认为作诗用字如用兵，虚虚实实。钱仲联评其七绝云："能如宋人之造意炼句，而以唐人风调出之。"（《梦苕庵诗话》）

晚 立

隔河时报两三砧，敲断秋波雨后吟。
屋角斜阳红不尽，还留一线照诗心。

夜 立

乡魂断续不成招，十万闲愁借酒烧。
满地鸣蛙人独立，碧天如海一灯骄。

烽 火

满天烽火舞婆娑，换得家山破一歌。
事已难为陵化谷，棋犹不定鹳为鹅。
书生慷慨空挥涕，朝士从容尚议和。
太息辽东歌浪死，那堪画地到黄河。

八百壮士诗

飞角长围势已成，伤心棋又送残枰。

三军鼓早声如死，百战声犹力似生。

要使国家留寸土，不辞血肉葬同坑。

凄凉十丈青红帜，剩照残阳万里明。

1937年

包树棠

包树棠（1900—1981），字伯蒂，号笠山东省，福建上杭人。毕业于厦门大学代办之集美国学专门学校。历任福建省立师范专科学校及福建师范学院等校教授。著有《汀州艺文志》、《笠山诗集》等。

乙亥冬游玄武湖，荷枯柳衰，惟菊花尚盛，遂赋长句

江南荷花天下殊，荷花世界玄武湖。
惜我来时荷花枯，婷婷不复见名姝。
黄云捧出五洲图，中有楼阁凌虚无。
绕以萧疏柳万株，如斯风物足清娱。
东篱笑把渊明呼，秋花待我兴不孤。
涉园挈得酒盈壶，花前一醉日欲晡。
台城归路认模糊。

1935年

温陵客次

高高双塔竟天横，江海深深抱一城。
蛱蝶飞来幽圃影，子规啼到故乡声。
诗流不二为邻近，禊事重三出郭行。
尊酒良朋都罔负，山猿鹿友水鸥盟。

秋 望

雨脚收残照，明霞坠水漪。

山将青海抱，楼与绿云齐。

打岸潮声急，筛风树影低。

谈瀛逢海客，避地怕闻鼙。

感事用苍亭韵

烽燧卢沟郁不开，宛平七夕警初来。

言和议战终难决，覆雨翻云尚费猜。

几见艰危膺巨命？微闻朝野集群材。

我思燕赵悲歌士，何日黄金吊故台！

1937年

陈 寂

　　陈寂（1900—1976），字寂园，号枕秋，广东怀集人。初在中学任教，后任《中山日报》编辑、《岭雅》主编。后聘为法商学院、中山大学教授。有《枕秋阁诗词》。受同光体影响，奥莹沉雄，句有拗折劲涩之趣。工七绝，有陈七绝之目。

茗坐戏述示青萍、绍弼

斯人欲比桓宣武，顾我惟期张季鹰。
乱世功名百饥虎，杜门涕笑一痴蝇。
瞻天若可排云汉，问道先须断葛藤。
试诘南禅莫嗔喝，定中何故梦飞腾。

寄陈青萍贵阳

照眼兵戈世路同，忽从九日忆黔中。
丈夫岂以饥饱累，万事渐成牛马风。
委汝荒寒天有意，随人历碌我真穷。
绝怜别后诗心老，错对茶铛用水攻。

答青萍海上见寄之什用原韵

江上春深渐褪寒，看君题句在阑干。

残刍不饱牛羊队，天路常宽雕鹗盘。

老眼已迷宁却足，寸心谁念莫刳肝。

冥鸿海鹤从回首，齐瑟朱弦只咏叹。

1940年

雨夜 二首

（一）

凫鸥宿何处？涧流新涨急。

还归就晚灯，蛛丝飘雨入。

（二）

虫语落残更，山空梦难拄。

户外楝花繁，永夕忧风雨。

黄平民

黄平民（1900—1928），广东廉江县人。曾任中共广南路特委书记，广东省委候补委员，在茂名县梅录牺牲。

过家门

世界如潮涌，雄心万里驰。
曙光浮一线，宇宙尚昏迷。
原野垂绿荫，云天树赤旗。
万民欢呼日，游子会亲时。

曾克耑

曾克耑（1900—1975），字履川，号涵负，又号颂橘，福建闽候人。年轻时从桐城吴北江先生受学，治诗古文辞，其后以诗受知于陈石遗、陈散原。曾任暨南大学教授，国史馆纂修。晚年居香港，任教于新亚书院。著有《颂橘庐丛稿》73卷。

庚白以游吴淞炮台诗见示，次均奉答

废垒秋风落日殷，残烽明灭乱流间。
创深私斗犹相斫，梦断孤飞且独还。
望海可能泻悲泪，观河无复驻衰颜。
眼看万族终无托，始信孤云一味闲。

次均迪庵豁蒙楼

城郭依微白下山，孤飞看汝海东还。
清游尽日终拟暂，结习吾曹讵易删。
寒吹千林声别恨，残阳一道影酡颜。
何年一棹江乡去，夜雨闻歌九曲湾。

1932年

白门感述

比翼双飞事费猜，横江我自御风来。
闻声对影俱无分，系魄缠魂漫自哀。
芳草池塘春晼晚，飞英庭院梦徘徊。
多生情劫销难尽，又向胡园过一回。

旅燕寻巢迹未荒，闲情别意两茫茫。
柴门悄倚通微笑，幽径重过认暗香。
耿耿星河人渐远，迢迢波路夜初长。
云英故有蓝桥约，知待何年乞玉浆。

胡献雅

胡献雅（1900—1994），江西南昌人。1925年毕业于上海美专。抗战时创办立风艺术研究馆，授徒传艺，后受聘为中正大学名誉美术教授。久擅画名，得自八大山人笔法。

采石歌

六峒江水生碧波，六峒江上石滩多。
滩高水落石嵯嵯，大者如鳌小如蜗。
姊呼阿妹弟呼哥，滩头采石无时过。
随足所向随目哦，有原意外无不苛。
轻鞋蹀躞乱汀莎，陆离光怪一时罗。
赤乌翠凤舞婆娑，琅开玉树森枝柯。
云峰雾嶂影峨峨，归途弄谑舞且歌。
枫林残照笑颜酡，明朝重探安乐窝。

周宪民兄以徐孺子先生遗像照片嘱作素描付刊，图成感赋

霜笺兔颖快神行，万古须眉一像成。
雾月光风瞻气象，高山长水仰深闳。
圃云故宅悬怀永，湖树孤亭入梦清。
井里腥膻何日洗，他乡展对不胜情。

贺扬灵

贺扬灵（1900—1947），字培心，江西永新人。早年就读武昌高师，后东渡日本，入早稻田大学习文史与经济。归国后，历任国民党中央党务学校教授，江西省党部农民部长，浙西行署主任。建立天目山抗日据点，发动袭击吴兴、长兴日军。后任浙江省府行辕主任。早逝。著有《晏殊词注》《贺贻孙年谱》，诗集《劈天集》。

大有村望天目

远望西天目，形如大蝙蝠。
欲向钱塘飞，啄尽群奸肉。

登东天目顶

乱山如怒马，竞向钱塘奔。
钟声吼云外，寒到海东魂。

劫后巡视各地

劫后天南北，十室九家空。
月落寒溪里，城荒乱马中。
破庙僧索衣，野店无饭售。
时见道旁尸，饿犬争肥瘦。

桐庐城

赢马入荒城，拴系屋柱上。
灶边宿草肥，饱得背磨痒。
破衲剩一角，女尸堆半屋。
轮奸更鞭楚，血痕一身着。

船浮刑，闻舟人述兰溪事作

船夫欲奔逃，敌怒几刀割。
有如初脔蛙，一身血潋潋。
系上汽艇腰，鼓轮作游乐。
头脚脱解尽，只剩膨胀腹。

抵 山

离山月一饼，回山月一梳，
稚女牵衣问，活得几人无？

俞平伯

俞平伯（1900—1990），原籍浙江德清，生于苏州。1915年入北京大学文科，五四时加入北京大学平民教育演讲团。毕业后赴英国，归国后执教杭州第一师范。与朱自清等创办《诗》月刊。历任上海大学、燕京大学、清华大学。有《古槐书屋诗集》。以作新诗名世，但不排斥旧体诗，认为"五四以来，新诗盛行而旧体诗不废。或嗤为骸骨之恋，亦未免稍过。譬如盘根老树，旧梗新条，同时开花"（引自《荒芜〈纸壁斋〉评识》）。

湖楼之夜

出岫云娇不自持，好风吹上碧玻璃。
卷帘爱比朦胧月，画里青山梦后诗。

1924年

自从一别到今朝八解 选三

（一）

斜日归船过断桥，双燕来时误旧巢。
江南草长飞蝴蝶，堤上萋萋绿不消。

（二）

堤上萋萋绿不消，愁问南湖第几桥。
牵牛童子桥下走，断梗桃花水上飘。

（三）

回首烟封昔梦遥，冠盖京华酒肉骄。
谁减湖湄亭午热，雪藕青菱一担挑。

1925年

西关砖塔塔砖歌

亿砖层累出黄垄，谁领西颓老夕阳？
碧落银云无尽期，谁拏退笔划苍苍？
烟融水澹封玉奁，谁见黄绝隔世妆？
归人缓缓笑语远，莽然寒色低平冈。
今人怀古发浩叹，古人且为今人哀。
疏棂斜日明烟柳，翡翠层坳抱瓦堆。
更听悲笳喧广陌，千千铁骑向东来。
江南万姓闻野哭，岂怜湖上生尘埃。

涂世恩

涂世恩（1900—1960），号梦梅，江西丰城人。初出涂骏声门下。毕业于江西法政专科学校，执教于南昌二中。日寇侵赣时随校迁永新。1941年中正大学成立于泰和，聘为文史系副教授。先后入覃社宛社，与诸子唱和。著《彊学斋诗存》。自言"性耽吟咏，初溺于温（庭筠）李（商隐），风月盈篇，羌无一是。及事简庵（王易），导以李杜苏黄之途，旁及后山、简斋二家"（《与忏庵论诗书》）。

舟次偶占

还我真吾百不忧，郊原禾黍正油油。
鸦喧牛背飞仍立，岫列船唇卧似游。
万井烟沉兵气接，一川风紧客帆收。
渔灯影入菰蒲静，鸥梦回时月满洲。

1940年

天河夜泊

飞阁连云起，惊湍擘地流。
疏灯飘夜市，人语出荒洲。
月暗三更雨，潮生万点沤。
江湖嗟转徙，兵气尚盈眸。

1939年

澄江夜泊

图画收金碧，清光豁倦眸。
岸移瓜蔓涨，鸥趁木兰舟。
片月兼天涌，疏星带地浮。
两三渔火动，倒影自悠悠。

倚窗望屋外诸山

迤逦平山带垄斜，日高随处烂丹沙。
云移屋脊生松树，风过墙头堕桂花。
鸡犬人家传笑语，刍荛歌曲入烟霞。
单衣伫立凉如许，晼晚荒居惜岁华。

石灰桥暮春杂咏十首 选一

清光笼四野，一雨静千岩。
月黑风生虎，春深草养蚕。
快仇轻体发，甘带异酸咸。
展卷前尘在，辎轩不待芟。

1939年

客怀二首寓永新作 选一

门外诸峰不断青，盈盈窥我读书庭。

待呼一片闲云起，卷尽千家战血腥。

归去漫留彭泽赋，重来应愧草堂灵。

男儿报国知何日，袖手南天涕欲零。

1940年

蔡上林

蔡上林（1900—1933），湖南华容人。雇工出身。1925年加入中共，1929年率游击队与敌周旋，后病故于湖北周家咀。

舟夜月

独棹小舟泛野溪，竹潭穿过画桥西。
扣舷唱晚邀山月，载酒敲篷烹黍鸡。

露滴轻帆帆楫冷，星随流水水天齐。
满舱载得清辉足，悦耳声声报晓啼。

薛一鹗

薛一鹗（1900—1980），字平子，别署淡翁，浙江绍兴人。曾任北京、汉口大陆银行稽核文书主任，镇江、松江农民银行总务主任。著有《小卷葹阁诗稿》《清诗论略》。

渡江闻警

湛湛长江水，风云逐浪翻。
昔贤曾此渡，慷慨赴中原。
强寇来关外，何人御国门？
那堪鸿雁里，击楫暗销魂。

1929年

登九龙城

流人初上九龙城，莽莽苍苍百感生。
数亩荒畦栽白菜，一头病豕卧凉棚。
问名犹是中华土，拱卫何须外国兵。
块磊难消辛丑恨，满腔应贮海涛声。

1939年

夏承焘

夏承焘（1900—1986），字瞿禅，浙江温州人。少年在温州师范读书，后在之江大学、浙江大学龙泉分校任教。二十年代末，因见浙人多治考据之学，乃锐志词学，成就斐然。著有《月轮诗集》。喜好学陈后山律体，自言"久之嫌其苦涩，始稍稍诵习简斋（陈与义），期得其宽廓高旷之致。于昌黎取其炼韵，于东坡取其波澜，于山谷取其造句。"

登长城

不知临绝顶，四顾忽茫然。
地受长河曲，天围大漠圆。
一丸吞海日，九点数齐烟。
归拭龙泉剑，相看几少年。

1923年

游 仙

飞琼昨夜宴蟠桃，归路天风拥海涛。
吹堕鬓钗忘拾起，至今北斗七星高。

1930年冬

六和塔

铁弩江山付劫灰，尚馀一塔镇潮回①。

沧桑不挂山僧眼，独立斜阳数雁来。

按：陈衍《石遗室诗话》本作"当楼一塔阅潮回"。

1930年

之江寓楼看日出

千金不须买画图，之江旦景画难摹。

江楼忍寒四更起，沮兴幸无妻孥呼。

片练茫茫挂窗户，雨脚满江不见雨。

天鸡未唤颓云开，水底孤暾却先吐。

初看卵色紫犹冻，旋展金蛇不可控。

须臾异彩分江天，绛霞不动绯波动。

西兴诸山烟外青，烟中无数打鱼声。

琉璃光中欹帆过，榜人指发见分明。

长空转眼展晴碧，雁飞不尽江无极。

乍惊衣袂染红云，返见鱼龙动素壁。

江山缩手叹奇哉，才弱定受江神咍。

短吟未就闻惊雷，天边又报早潮来。

1930年

鹭山来书约游雁荡山

故山笋蕨向春肥，夜夜龙湫挟梦飞。
白月苍岚非世好，支筇横笛共谁归？
駏蛩相倚应偕老，鸥鹭都猜始见机。
唤醒渴羌休匿笑，明年还我荭荷衣。

1934年

忆早年行潼洛道中

西笑当年掉臂行，下床万里是平生。
晓同健翮争危磴，夜与疲骡共鼾声。
有梦但惭攀岳客，闻鸡犹壮度关情。
大床高枕今何世？四十头颅只自惊。

1940年

上海苦热寄鹭山

君家朝日似探汤，我室宵风不到床。
欲就一杯楼月白，其如十丈路尘黄。
万流趋市堪占世，八表同昏尚望乡。
试展龙须遣归梦，灵湫夜瀑正浪浪。

1941年

王达强

王达强（1901—1928），号镜清，湖北黄梅人。1926年任汉口硚口地区团委书记。四一二政变后，任湖北团省委书记兼京汉铁路总指挥。十月，被捕就义。

途　中

长堤烟柳绿菲菲，二月风寒傍晚微。
两岸垂杨随燕舞，断桥残雪逐帆飞。
笛归牛背声催客，风落梅花香满衣。
大好河山多破碎，邦家舰舰万民悲。

无　题

北辙南辕叹旧痕，纵横未就兴犹存。
崎岖关塞身忘倦，浪迹江湖志愈贞。
得失何曾占理数，行藏原不计亨屯。
中原逐鹿人神疾，唤醒同胞莫醉沉。

王礼锡

　　王礼锡（1901—1939），字庶三，江西安福人。1921年毕业于省立第三师范（设抚州），任教吉安农校。入北京大学求学，醉心新文艺。未久投身革命，与毛泽东、李汉俊等在武汉筹办中央农民运动讲习所。后任江西省党部农民部部长。国共合作破裂，流亡浙、闽，被囚庐山。后往北平，1931年赴东京。归国后，在上海主编神州国光社《读书杂志》。后赴欧洲，抗战时任全英援华会副主席。归国后当选中华文艺界抗敌协会理事。任作家战地访问团团长，率队至中条山前线病逝，葬洛阳龙门山。著有《市声草》《去国草》。

海上月夜

月出破虚暗，清光海上铺。
凌空片云来，托月怜其孤。
踽踽夜已深，著胸一物无。
星寥天宇旷，挟涛风自呼。

南浔车中看山

近景妒我恋远山，大树掠窗颇负气。
探头意欲招之回，又一枝扫帽几坠。
远山初犹遂我行，转头忽惊面目异。
口不能言张两眼，正如小儿失母臂。
人生难免急景催，烛龙不断肯徘徊？
劝君寓意眼前景，心有所贪终生哀。

哀病兵

残暑曳高秋，中人辄病惫。
汝辈从边徼，转战千里外。
水土已不习，况与厉气会。
仅有皮骨存，可怜血肉败。
顾为食所驱，鼓勇力犹踣。
举步身已摇，初犹杖可赖。
五里十里程，倒地渐狼狈。
尔堂有母慈，尔室有少艾。
谁致尔仳离，征战无宁岁。
富贵奉一人，死尔千万辈。

1926年

浣霞池上小坐

鳌赴山奔如虎走，南来山水此间奇。
千盘崄嶒几无我，一鉴明漪喜有池。
且敛惊魂归瞑坐，细听泉响入沉思。
劳生暂息识真意，谋隐买山直可嗤。

1926

归 途

冷日发短光，寒塘蒸白雾。
皑皑霜欲冰，扑朔叹行路。
白草蜷向人，顽枝当风怒。
有生皆无欢，况值岁垂暮。

1924年

游清华园

荒园无语立西风，残照远天曳晚红。
回首悲欢余惘惘，寒冰枯木小亭空。

三峡涧

昔读坡公诗，雷霆斗险石。
我来瀑已瘦，雨稀秋皎洁。
数日遍匡庐，万山争怪崛。
高者乱青云，不可见颠末。
下者粲莲瓣，群峰藏幽窟。
雄奇疲我目，清瘦亦复适。
惟其瘦能劲，落潭颇有力。
玉渊响金钟，飞沫溅寒雪。
何必期结庐，幽赏永今夕。

1928年

夜过霞飞路

电灯交绮光，荡漾柏油路。
泻地车无声，烛天散红雾。
丽服男和女，揽臂矜晚步。
两旁琉璃窗，各炫罗列富。
精小咖啡馆，谑浪集人妒。
狐舞流媚乐，缭绕路旁树。
宛转入人耳，痴望行者驻。
前耸千尺楼，高明逼神恶。
叠窗如蜂巢，纵横不知数。
下有手车夫，喘奔皮骨挂。

又有白俄女，妖娆买怜顾。

惶惶度永夜，凄凄犯风露。

墙根劳者群，裹草寒无裤。

仅图终夜眠，室庐宁敢慕。

谁念崔巍者，此辈力所赴。

一一手为之，室成便当去。

即此墙根地，岂能安寐寤？

警来驱以杖，数迁始达曙。

都市如魔窟，璀灿锦幕布。

偶然一角揭，惨虐殊可怖。

良药宁能医，嗟此疾已痼。

1932年5月

叶国璋

　　叶国璋（1901—1977），字养浩，号双桐，安徽全椒人。幼承家学，执教、从政四十余年，抗日战争时流离四川。有《飘泊西南残稿》手稿。好用新名词新事物写入诗中。

入川杂诗

　　　　滩多期待五丁开，名险瞿塘滟预堆。
　　　　巨石当流成障碍，船行只好对它来。

自注：江中石大书"对我来"，船行必须对石冲去，乃能安全通过。

　　　　经常大雾罩山城，雾下阴霾雾上晴。
　　　　城里全然成混沌，山间可喜最清明。

沙坪杂诗

　　　　兴亡转键要支撑，茅舍栖迟百虑清。
　　　　历尽艰难无不足，卧看山色听江声。

冯国瑞

冯国瑞（1901—1963），字仲翔，甘肃天水人。早年就读于天水县存古学堂，1922年考入东南大学。1926年考入清华国学研究院，毕业后任青海省政府秘书长，后任兰州大学中文系教授。著《绛华楼诗集》，谢国桢序其诗集云："情致深厚，中多隽语，于乡邦掌故，记注尤详，不减杜老秦州诸作。"

定西题壁

雪夜迢遥入定西，孤城掩映暮云低。
须眉尽白冰初结，髀肉重生马怒嘶。
斑血土花新战迹，飞磷野冢旧招提。
故国回首刘琨在，剑气摩空听晓鸡。

辛未九日作

披发伊川亦可哀，煮龙烹凤未须猜。
郎当古驿明驼去，嘹唳凉秋旅雁来。
此日尊前兄弟在，故园菊傍战场开。
何从可果撑天腹，骏骨今无市郭隗。

1931年

陈 毅

陈毅（1901—1972），四川乐至人。1919年赴法勤工俭学。1923年在中法大学加入中共。1927年参加南昌起义后，上井冈山，任红四军十二师师长、军委书记。红军长征后，留在粤赣边区。1937年重建新四军，任一支队司令员，后任代理军长。解放战争时期，历任山东野战军司令员兼政委，华东野战军司令员。诗作大气磅礴，真气朴茂。

红四军军次葛坳突围赴东固口占

大军突敌围，关山渡若飞。
今朝何处去？昨夜梦未归。
带梦催上马，睡意斗寒风。
军号声凄厉，春月似张弓。
尖兵报有敌，后队转向东。
急行四十里，敌截已扑空。

三十五岁生日寄怀

一九三六年，余游击于赣南五岭山脉一带，往来作战，备极艰辛。八月，值余三十五岁生辰，赋此寄怀。

大军西去气如虹，一局南天战又重。
半壁河山沉血海，几多知友化沙虫。
日搜夜剿人犹在，万死千伤鬼亦雄。
物到极时终必反，天翻地覆五洲红。

梅岭三章

一九三六年冬，梅山被围。余伤病伏丛莽间二十馀日，虑不得脱，得诗三首留衣底，旋围解。

断头今日意如何？创业艰难百战多。
此去泉台招旧部，旌旗十万斩阎罗。
南国烽烟正十年，此头须向国门悬。
后死诸君多努力，捷报飞来当纸钱。
投身革命即为家，血雨腥风应有涯。
取义成仁今日事，人间遍种自由花。

悼韩紫翁

秋容老圃胜东篱，巾履萧然此子遗。

波涌江淮龙蛇斗，变起萧墙燕雀危。

天心已厌玄黄血，人事难评黑白棋。

鲁连赍志埋幽恨，亲痛仇快忍思维。

按：韩紫石于1942年春于海安家中被俘不屈。

1942年5月

湖海诗社开征引

一九四二年十一月二十日，反"扫荡"准备中倚马走笔。

今我在戎行，曷言艺文事。

慷慨每难免，兴会淋漓至。

柔翰偶驱策，婉转成文字。

不为古人奴，浩歌聊自试。

师今亦好古，玩古生新意。

大雅未能跻，庸俗早自弃。

李杜长已矣，苏黄非吾类。

韩孟能硬瘦，温李苦柔媚。

元白自清浅，刘陆但姿肆。

降及元明清，风格愈下坠。

微时工空愁，达时颂高位。

一生营营者，个人利禄累。

艺文官僚化，雕虫尽可废。

岂无贤与豪，诗骨抗权贵。

仅存气节耳，高压即粉碎。

封建为基础，流变益疡溃。

晚近新诗出，改革仅形式。

其中洋八股，列位更末次。

应知时世变，新局启圣智。

人民千百万，蓬勃满生气。

斗争在前茅，屈伸本正义。

此中真歌哭，情文两俱备。

豪情贯日月，英风动大地。

万古千秋业，天下为公器。

先圣未能此，后贤乏斯味。

若无大手笔，谁堪创世纪？

嗟予生也鲁，人有运斤意。

淮南多俊贤，历代挺材异。

诗国新疆土，大可立汉帜。

薄言当献芹，文坛望新赐。

由太行山西行阻雪

我过太行山，瑞雪自天堕。

高峰铸银鼎，深谷拥玉座。

策马不能行，山村徒枯坐。

冰雪何时融，征程从此错。

夜深对暗壁，摇摇影自堕。

残灯不成红，雪打纸窗破。

衾寒难入梦，险韵诗自课。

浩歌赋太行，壮志不可夺。

歌罢祝天晓，一鞭汾河过。

1944年2月

孟良崮战役

孟良崮上鬼神号，七十四师无地逃。

信号飞飞星乱眼，照明处处火如潮。

刀丛横去争山顶，血雨飘来湿战袍。

喜见贼师精锐尽，我军个个是英豪。

1947年5月

李　恭

李恭（1901—1970），字行之，甘肃甘谷县人。1929年入中国大学国学系，师从范文澜、吴承仕。1935年赴苏州，入章氏国学讲习会。后在兰州师范任教。1939年改任甘肃学院教职时，1942年调任兰州师范校长。

半生漫游，功业未就，旅怀有感

吾生自叹如浮鸥，遂惜韶华万里游。
匹马驰驱鸡塞远，扁舟荡漾钱塘秋。
二陵风雨披裘避，三陇云山放眼收。
迟暮光阴容易度，中原未靖不胜忧。

留别兰师诸生

寒山转苍翠，流水溅溅鸣。
其间多吉士，斯文细细评。

足长鲜局步，气壮无郁声。
时来当奋起，事业即功名。

徐　英

徐英（1901—1980），字澄宇，湖北汉阳人。曾在沪主办《归纳杂志》，后执教于安徽大学、中央大学。著《诗法通微》。有《天风阁诗》。

光明顶

登高一览更光明，四壑秋涛古黛横。
眼底青如山雨过，袖中白是海云生。
谁骖轩后浮丘驾，几见黄金大药成。
唯有松萝终古在，霜封雪炼益坚贞。

孤愤 十二首 选一

辽阳尘土金台梦，栈道风云建业钟。
万里霜声来白雁，一天凉意湿孤蛩。
琼楼纵饮中宵醉，铁马还惊绝塞烽。
异国南荒寻故垒，崖山容有赵家松。

金陵杂感

艰难故步剧堪怜，岭海驰驱四十年。
今日台城成一梦，蒋山如黛为谁妍？

拍遍胡笳拥黛愁，飘零书剑看神州。
谁怜穷海归来日，泣对吴陵一片秋？

刁斗声惊万户秋，兴亡事变等云浮。
却怜建业西风水，几送降帆出石头？

吴天声

吴天声（1901—1949），江西修水人。尝从军旅，后弃职为文吏，历任兴国、余江县长。作诗私淑乡前辈陈三立。著有《画虎集》，《春声阁诗存》。风格悲雄，棱棱有骨。陈散原评语云："风格遒上，脱弃凡近，句法时得宋贤黄、陆诸公胜处。"

秋 棹

平明破浪一舡开，直下龙门驷莫追。
潮势欲浮山岳去，风声如带虎狼来。
空馀浩浩江湖气，坐接嗷嗷郡县哀。
世乱年荒天不恤，孤游万里护深杯。

孤 愤

回顾苍茫万籁沉，鬼来窥户夜森森。
忧时莫著藏兵论，报国常存未死心。
聚铁九州成大错，巢林百舌啼冤禽。
引刀恻恻悲风动，欲起乖龙作雨霖。

步　园

绕郭穿林一径斜，四围寥寂乱悲鸦。
微怜心在人间世，稍觉声流江海涯。
缥缈神灵迎左右，飘零亲旧接虫沙。
烽烟又有穷边警，忍倚荒城听鼓笳。

聂永晖

聂永晖（1901—1934），湖南浏阳人。曾任浏阳县委宣传部长，1934年任宜铜万中心县委书记，同年被捕就义。

题 扇

大翼卷云天作浪，馀威激水月生波。
岂甘自好为风舞，怕听人间叫热河。

曾今可

曾今可（1901—1972），江西泰和人。少年时就读赣省四中，为赣南学生联合会总干事。率同学上街抵制日货，被开除学籍，东渡日本留学。返国后，任北伐军某团党代表。清党时被清理出队。曾被柳亚子《南社点将录》点为"乱世魔王"。三十年代，邀无党派作家组织"文艺座谈社"。作《画堂词》一阕，中云："且喝干杯中酒，国家事管他娘。"遭鲁迅怒斥抨击，震动文坛。抗战时李默庵邀往湘鄂赣边区挺进军任总部少将参议。1948年往台湾。

五四运动纪念日军中书感

五四精神化劫灰，大声怒吼枉登台。
穷途戚友难为别，乱世文章合写哀。
投笔班超终寂寞，着鞭祖逖但徘徊。
飞黄腾达非吾分，明月入窗劝举杯。

老关军次秋早

一片松阴覆老关，画家到此写生艰。
久残雉堞围衰草，初放芙蓉满半山。
暮霭迷濛新月上，飞云黯淡夕阳间。
长征壮士秋风里，老大犹期解甲还。

秋感八首 选一

黄昏虽好夕阳斜，觅句归来带月华。

滚滚中流谁砥柱，茫茫大海我浮槎。

佳人愁见陌头柳，壮士惊闻塞外笳。

同室操戈英勇甚，尸如山积血如花。

刘懋勤

刘懋勤（1901—1941），字子克，号椿年，江西南康人。1926年毕业于北京大学哲学系，聘为省立赣县中学教员，1937年，入国民党陆军第八十七师为政治部秘书，后任国防部后勤部兵站史料编辑处编辑。卒于重庆。追赠少将衔。辛际周赠其赴渑池军营诗句云："盼寄沉雄塞上篇。"其诗文合编为《蛾术斋稿》。

杂题 选二

（一）

地坼天崩厄运催，杞人绕室妄低徊。
眼中文物堂堂改，劫后啼鸿处处哀。
蛮触雌雄争得失，鸡虫痴黠费疑猜。
南阳岑寂东山渺，谁是当年开济才。

（二）

寂寞空怜天下士，卜居无术意难言。
道穷宁有羹遗母，世乱徒闻鹤乘轩。
起舞商羊方得志，已陈刍狗忽苏魂。
纷纭世态那堪说，翘首苍穹欲叩阍。

瘐犬二首 选一

瘐犬当路似虎蟠，丰颅亦戴进贤冠。
跳踉大啖庸在鼠，欲向郊原取麋鹿。
牙如交战爪如戈，善噬善搏奈汝何。
时清会见狡兔死，烹之我思一染指。

新安军次感赋

角声彻耳宦情阑，地近黄河曙色寒。
三月后言悲悄悄，十年前事忆漫漫。
壮怀宁欲拼孤注，浩劫频惊看累丸。
避地傥留漱石地，肯辞藜苋恋微官。

戊辰中秋舟次十八滩

十八滩头系短篷，桂花香里滞游踪。
烟波浩渺峰千笏，雾露迷濛月满弓。
海客乘槎容有讯，天仙窃药总成空。
流光荏苒应须惜，三度中秋百感同。

1928年

羊牧之

羊牧之（1901—1999），江苏常州人。早年曾在中共中央宣传部、中共武汉联络处工作，后为沪、湘、常州等地中学国文教师。著有《秋华馆诗存》。自言"箧中几卷秋华稿，半是泪痕半血痕"。以吟苦语著称。

己卯除夕

饮罢屠苏不解眠，寒窗静坐作诗肩。
遥闻犬吠惊新竹，未到鸡鸣尚旧年。
烛影摇红怜落泊，柝声催白总流连。
今宵安稳浦江畔，明岁今宵何处边？

1939年

早发湘潭

一天水气湿轻航，烟柳凄迷客梦凉。
带雨滩声连夜闹，渡江峰影入窗忙。
秋林画意寒茅店，黄叶西风舞野塘。
堪喜舟人云外指，朝霞烂漫即湘乡。

顾佛影

顾佛影（1901—1955），原名宪融，别署大漠诗人，上海
南汇人。曾作上海商务印书馆编辑，后避难四川。有《大漠诗
人集》《大漠呼声》。诗宗袁枚，崇尚性灵，追求空灵意境，
不用典实。沈瘦东评其诗"如春雨乍霁，花气袭人"（《瓶粟
斋诗话》）。

赤山埠夜归

赤山埠外上归船，倦鹭眠鸥各悄然。
可有坠欢烟水里，湖灯红似十年前？

虎　跑

湖上烦喧渐可抛，又寻净域到山坳。
明妆一座空鸳侣，佳茗三生忆虎跑。
何以为情吟旧雨，有如此水话深交。
白云古树年年在，留待先生自结巢。

孙诒

孙诒（1901—1950）字翼父，号兆梅，浙江奉化人。毕生从教。论诗以唐调为正声，著有《瓶梅斋遗诗》。

秋 怀

秋怀淡宕与云俱，庭院新飞一叶梧。
闭户聊将书遣日，无田且免吏催租。
贫犹作达耽诗句，壮不求官畏世途。
饮水饭蔬吾亦足，儒生活计本区区。

徐震堮

徐震堮（1901—1986），浙江嘉善人。曾在浙江大学执教。有《梦松风阁诗集》。柳诒徵编《历代诗选》，去取甚严，当时诗人仅选他一人，评其诗"清隽苍老，卓然名家"。

敌陷萧山、诸、绍告警

落日西兴战血斑，漫天烽火接严滩。
江头白雁潮无信，坐上《黄麞》曲未阑。
一旅犹能存夏祀，五千谁与保稽山。
越中子弟多豪俊，跃马何当拔帜还。

1939年

悯 旱

黄淮比岁势纵横，又见湘吴旱象成。
三伏炎蒸连赤地，万方水火此苍生。
年饥空仰秦人籴，民散仍逃汉鼎烹。
闻道微凉生殿阁，诸公踊跃正论兵。

1947年

黄承暇

黄承暇（1901—1980），号笑隐，晚号诗姬，江西九江人。教书为业。八岁能诗，初喜黄山谷诗，后醉心苏东坡飘逸诗风，遂奄有稳健细腻之长。曾编辑步其韵者十馀人之诗为《枝叶集》。抗战时期，流寓泰和峡陇村。

归里扫墓别诸师友

销尽吟魂踽踽行，更堪江上鼓鼙声。
寸心止水同澄澈，孤月流空几晦明。
入世多忧缘识字，拈花一笑悟闲情。
灵根底事和愁种？叶叶枝枝取次生。

深夜小园独步再叠前韵

庭院无人负手行，宵深凄绝砌蛩声。
万缘已向愁中尽，缺月还从雨后明。
俯仰犹怜清夜短，低徊谁识此时情。
微吟浅醉罗衣薄，渐觉轻寒袖底生。

东湖独泛三叠前韵 选一

短楫轻桡缓缓行，芳塘十亩夜无声。
一轮兔魄排云出，万点荷珠泡露明。
浊酒且拚今夕醉，清游那复去年情。
烦襟未许须臾涤，百感翻从静里生。

邓雅声

邓雅声（1902—1928），湖北黄梅县人。1927年3月省农民代表大会举行时选为湖北省农协秘书长。9月任京汉路南段特委书记。1928年被捕入狱，在汉口被害。有《病呻稿》。

赠洪秀清四首 选一

春去花残雨不休，芊芊芳草绿汀洲。
青衫叹我无青眼，白发知公已白头。
作赋惭非司马笔，忧时犹上仲宣楼。
中原王气看将尽，莽莽夷氛乱锦州。

1922年

无题和程伯琼

瞥遇芳姿绿柳边，似曾相识在当年。
徘徊欲致消魂意，却被风吹妒煞天。

1923年

秋日书怀

满眼狂魔唤不醒，凭将棒喝与钟声。
屈平空热一腔血，洒向惊涛作么生。

1923年

寄《中国青年》记者四首 选二

（一）

酒后心花更怒开，一时歌哭笑俱来。
几根侠骨如钢铁，人厄天穷百不回。

（二）

偃蹇床中亦死耳，不如马革死犹雄。
等闲吾戴吾头去，留些微痕血海中。

1925年于藕塘角奢

龙榆生

　　龙榆生（1902—1966），名沐勋，号忍寒，榆生其字，江西万载人。家学渊源，锐志向学。早岁为武昌师范学校旁听生，后旅沪，拜散原学诗，从朱彊村学词。先后执教厦门集美学校，暨南大学，中央大学，上海音乐学院。主编《词学》季刊，著《中国韵文史》、《近三百年名家词选》。为一代词学大师。

偶忆后湖风物寄怀洗斋

一勺湖波镜面平，毵毵柳色半晴阴。
何时共载瓜皮艇，挹取山光入醉吟。

道左二首　选一

扶伤老弱苦追攀，车马匆匆只伫看。
一自铜仙辞汉后①，无钱与汝救饥寒。

注①：陈琴趣注：时作者执教羊城。粤人呼铜元为铜仙。

初夏寓园杂诗

新栽数行竹，枝叶何青青。
当窗挹其华，心目与之清。
矫矫凌霄节，粲粲露珠莹。
向来移植初，日夕忧其倾。
蟠根一以固，乃与风雨争。
低昂奏奇舞，萧寥发妙声。
仰天一大笑，浩气纵横生。
惟刚乃能柔，以此悟物情。

胡　风

胡风（1902—1985），原名张光人，湖北蕲春人。鲁迅学生。毕业于清华大学西洋文学系，曾任"左联"宣传部长，主编《人间世》杂志。年轻时作新诗，抗战时写了不少旧体诗，诗风有类鲁迅，笔力稍逊。

从蕲春回武汉船上

剩有悲怀对夜空，一天冷雨一船风。
夹江灯火明于烛，碧血华筵照不同。

1937年11月11日

随　感

十载飘零日，归来似梦时。
大空飞敌鸟，宽路走穷黎。
故友灾馀蚁，新人霜后薇。
行囊姑卸下，濯足浣征衣。

1937年11月11日

旧历元宵节

几人欢笑几人悲，莽莽河山半劫灰。

酒醋值钱高价卖，文章招骂臭名垂。

侏儒眼媚姗姗舞，市侩油多得得肥。

知否丛峰平野上，月华如海铁花飞。

1940年2月22日

步老舍《北碚辞岁》原韵

错将残雾当祥烟，蜀岭偏安到四年。

剩有头颅夸大好，灾黎遍地恨无边。

1941年1月31日

过惠州西湖

拾得孩儿骨，殷然见血痕。

一夫褴重寄，千命殉孤城。

鸡豕悲同劫，禽虫失秦声。

黯云湿欲泣，凄切不成春。

劫后湖山冷，萧然得此游。

荒碑七尺石，热血几人头。

木落花犹赤，云低雾不收。

荣枯缘底事？厉鬼笑封侯。

1942年2月

步王白与《喜降》原韵

漫拈秃笔且题诗，后乐先忧记此时。

怯将贪官无数计，封功受土几人宜。

权谋惯见奸欺正，海口空夸夏变夷。

魔影幢幢须烛照，男儿何事急归期。

1945年8月21日

台静农

台静农（1902—1990），字简伯，安徽霍丘县人。早年毕业于北京大学研究所国学门，历任辅仁大学、厦门大学、山东大学教授、国立女师大中文系主任。抗战事起，辗转入四川，定居江津，后往台湾大学任教。"五四"时作白话新诗，未名社主要成员。后转写旧体诗，有《台静农先生诗稿》。早年所作富有才情，凄美幽微，绵渺哀婉。历经家国忧患，感时伤事，用笔古雅而矫健。

孤　愤

孤愤如山霜鬓侵，青灯浊酒夜沉沉。
《长门赋》卖文章贱，吕相书悬天下暗。
万里烽烟萦客梦，一庐风雨托初心。
推尊将欲依山鬼，云乱猿愁落木森。

移家黑石山

问天不语骚难赋，对酒空怜鬓有丝。
一片寒山成独往，堂堂歌哭寄南枝。

薄暮山行阻雾

千年霜木蛟龙影，穿雾真同蹈海巡。
脚底群山翻雪浪，叩阍我欲挽红轮。

夏日山居

蕉叶插天绿，苍鹰掠地飞。
横空虹饮水，雷雨隔山威。

赵柏颙

赵柏颙（1902—1943），字百辛，浙江永嘉人。毕业于南京佛学院。历任浙江省立十中、四中及天台育青中学教师兼校长秘书。工诗词，有《赵百辛先生遗诗》。

落　日

暮霭渐深深，前山恐陆沉。
斜阳无赖甚，媚我以黄金。

读　史

八公草木尽疑兵，千里淮流卷哭声。
为问群儿新贵者，中原能坏几长城。
群奴争拥降王出，夹道千家尽闭门。
急诵陶诗当解秽，举头八表又同昏。

1942年上海

抛撒

抛撒声闻久，将心付大荒。

江山同瀑落，虫鸟识炎凉。

食肉谋何鄙，骚音惨不劳。

子云甘寂寞，恩怨若相忘。

不寐

曾从燕市散千金，归去茅堂落叶零。

长铗那知垂老别，短檠还识少年心。

非关止酒思逃社，会得无弦欲碎琴。

何事中宵常不寐，微闻万马忽齐喑。

沈次约

沈次约（1902—1932），字剑霜，号秋魂，江苏吴江人。与柳亚子同为"黎中五子"之一。在上海任馆师，后返故里郁闷而自杀。有《剑霜庵遗稿》。其诗冷隽峻洁。

吴门道中

身世浑如春水活，心情堪比野云闲。
遥看数点青螺峭，知是江南第几山？

雨后偕琬君游双清别墅

湿云乍散乱飞蜓，爽气侵人树色青。
花片随风浮曲水，蝉声和雨入疏棂。
帘钩燕蹴摇双乙，波影鹭翘倒一丁。
并倚碧阑参静趣，白荷香冷晚宜亭。

春日杂诗

春波春草愁无那，江树江云暮色昏。
一样离怀怅南北，楼头马上两销魂。

满庭香草离离绿，珠箔风飘燕语喃。
笑扑花间双蛱蝶，落红如雨点春衫。

陈小翠

陈小翠（1902—1967），又名翠娜，女，浙江杭州人。少从父陈蝶仙学诗，后任无锡国学专修馆、上海中国画院教师。有《翠楼吟草》，雄旷有兴象，不似闺阁诗纤弱。

冬 闺

万梅潮拥望湖楼，天半风帘响玉钩。
雪压栏干花压雪，最高山阁独梳头。

西湖四首 选二

淡月鹅黄向夕生，兰桡桂楫未分明。
消魂十里桃花水，中有竹枝三两声。
六桥倒影都成画，一路看山胜读书。
日日绿杨春水路，酒船来访宋家鱼。

西湖词梦图占题

画楼朝拂珊瑚笔，欲剪清溪天一尺。

记得君家旧住西，千顷芦花如雪白。

过桥人似镜中行，竹院茶香悦魂魄。

乌篷欸乃曳秋声，远水斜阳动金碧。

娟娟月上似佳人，历历秋星祀词客。

少年诗梦满东南，弍载沧桑驹过隙。

莼鱼正美不归去，空对盐车悲日夕。

人生弹指去来今，今日之今忽成昔。

卷角还钤无相庵，图成且说东坡偈。

洪灵菲

洪灵菲（1902—1933），广东海阳人。1926年加入中共，任国民党中央海外部秘书等职。参加太阳社，为左翼作家联盟常委，并任上海各界民众反日救国联合会的党团书记。1933年7月在北京被捕，8月遇害。有《洪灵菲选集》。

白菊花

傲骨千年犹未销，篱边照影太寥寥。

生涯欲共雪霜淡，意气从来秋士骄。

如此夜深立皎魄，更无人处着冰绡。

绝怜风度足千古，不向人间学折腰。

周　霖

周霖（1902—1966），云南丽江人。三十年代在丽江中学担任美术音乐教师，四十年代组织诗书画社——雪社。

乙酉重九登象岭

压屋阴霾冻不流，晓窗冷雨酿轻愁。
拼将佳节炉边度，便欲游情画里酬。
乍见人间明旭日，始知天意沐清秋。
杖藜放步出门去，踏向云山最上头。

俯听松壑泻长风，始信登临跬步功。
花马山河萦脚下，玉龙鳞甲幻云中。
茱萸黄菊悲时序，碧嶂丹林认色空。
秋色一腔说不得，数声知了在深丛。

1945年

黄咏雩

黄咏雩（1902—1975），广东南海人。工商界诗人，曾经营公共汽车公司、米粮行，1931年被推选为广东省商会主席。文物鉴赏家。辑有《芋园丛稿》，著有《天蠁楼诗词》。取径于韩愈、李贺、李商隐，题材广泛。

南京雨花台

金陵旧是龙虎窟，战血玄黄入地骨。

土膏孕育坤火蒸，化为文石色犹活。

山势崔嵬作门户，竖子纷纷争割据。

雨花台上阅沧桑，倏忽兴亡如旦暮。

大江日夜声呜咽，日影沉沉动双阙。

山花摇出六朝魂，石色斑斑古人血。

古人冷淡伤如何？金仙挥泪哭铜驼。

空山无人石不语，扣角吾为石烂歌。

1929年

戊寅感事

愁生谷口铜铃雨，梦断江南玉树花。
如此关山容易到，未须回首望京华。

1938年

太 息

祭野百年祍皆左，扬尘三见海之东。
侏儒得食饱死未？傀儡登场游戏同。

萧公权

萧公权（1902—1980）字笃平，号迹园，江西泰和人。毕业于清华学校，留学美国密苏里大学，转康乃尔大学，攻政治经济之学，获博士学位。归国后历任南开大学，四川大学，清华大学教授。晚乃寓居美国西雅图，执教华盛顿大学。

落花 选四

（一）

难分浊溷与清池，一例飘零不自持。
天上月无长满夜，人间春有再来期。
冰蚕死殉同功茧，倩女生为连理枝。
莫问灵均香草恨，对花溅泪也嫌痴。

（二）

学炼还丹拟出家，翻歌《金缕》惜年华。
欲填恨海三生石，误折神山一现花。
碧落渺茫思凤翼，红尘迢递阻鸾车。
刘郎且饱胡麻饭，再访天台路已赊。

（三）

闻道蓬莱日月长，碧天云海两茫茫。

瑶池树是千年种，珠阙星添七宝装。

修到女牛还有恨，谁怜姑射竟无郎。

仙源水送桃花去，岂独人间解断肠。

（四）

杏比罗衫柳比裙。散花为雨叶为云。

珠帘护梦当风弹，玉树传歌隔水闻。

何日黄金归蔡女，至今青冢葬昭君。

江南江北春馀几，大好山河付夕曛。

秋兴八首 选二

（一）

萧萧天末起金风，无限山河黯淡中。

绝漠胡尘黄卷地，荒原野火赤连空。

十年旧梦迷庄蝶，一夜新凉泣塞鸿。

春送落花秋落叶，红愁绿怨几时穷。

(二)

怅望南溟忆旧游，蓬莱东去是瀛洲。

曾浮沧海三千水，却见珠宫十二楼。

不信人寰无好梦，也怜仙境足风流。

虫声处处催寒月，凄冷荒村一夜秋。

詹安泰

　　詹安泰（1902－1967），字祝南，号无庵，广东饶平人。中山大学教授。其诗学梅宛陵，兼学韩昌黎、苏东坡笔势；近承同光体之后，风格清俊超逸。著有《鹪鹩巢诗稿》《无庵词》《宋词散论》。

初　晴

初晴微吐山，灵鸟鸣山南。
一蝉与之和，流韵各清酣。
奇树花须绕，石笋镜心涵。
浮光穿疏棂，老气越穷檐。
仰天一长啸，仙云覆二三。

1945年

遣兴五首 选一

容我青山今几春，不知温饱送迎人。
晚来负手看高鸟，灯上关门写《洛神》。
此秘可窥天浩荡，无言与说意悲辛。
谁还有集名《晞发》，未许逢花一欠伸。

1949年

顾毓琇

顾毓琇（1902—2002），字一樵，号蕉庐，江苏无锡人。美国麻省理工学院科学博士，曾任浙江大学、清华大学教授，中央大学校长。后旅居美国。有《顾一樵全集》。

和陶渊明《饮酒》诗

胡必遗千金，教子唯一经。
良玉贵琢磨，蹉跎学无成。
夜静思易深，每每至残更。
参商皆已没，凉露在中庭。
晨曦发熹微，昧旦闻鸡鸣。
偶得书中味，清趣欲忘情。

访泰戈尔故居

云游来圣地，瞻拜入仙乡。
啼鸟惊春梦，飞花笑夕阳。
清歌澄俗虑，妙笔放灵光。
新月霭相照，缅怀白发长。

1943年

沙坪坝闻日寇投降

抛却诗囊曾几时，惊人消息耐人思。

八年涕泪愁何在，万里江乡梦亦疑。

犹喜童心闻捷报，敢忘慈训误归期。

明朝巴峡楼船下，长跪萱闱诉别离。

1945年

潘希逸

潘希逸（1902—1989），字月笙，号樵云，福建南安人。中学教师。有《孟晋斋诗存》。

避兵谣

吏役如蛇蝎，士兵如虎狼。
小民望生畏，相率深山藏。
县官峨大冠，凛凛坐高堂。
传谕与小民，不必多惊惶。
我马躯干瘦，火急畏之强；
我兵已枵腹，火急输饷粮；
我吏太辛苦，火急罗酒浆；
我库欠亏缺，火急倾箧囊。
避官即通匪，助官乃善良。

释海灯

　　海灯（1902—1989），法师，四川江油人。年轻时就读成都警察专科学校。1926年削发为僧，随从其师云游名山古刹。三十年代在中江、梓潼等地练功、为住持。后往少林寺任国术教授。游浙江，安禅于天台山顶。诗有清寂静穆之风，峻洁自在，神理有馀。

寄寂音

参透人间冷落情，禅心侠骨自亭亭。
寸丝尽净水中月，赢得十方一眼青。

1939年7月

游中岳庙诸真人乞舞剑

碎琴不奏巴人曲，破袖长依古洞边。
水底由来无皎月，树头始可见青天。

1941年

自蜀抵少林寺

为留为道原无方，栖隐何须恋故乡。
飘然一锡三千里，月明回首过洛阳。

1945年

赠宽明学者

息交求静渐疏邻，白玉等心不染尘。
一个蒲团柏树下，始知无我更无人。

1946年

溪 月

时行湖海时山丘，一衲长随万里游。
最是无边中夜月，空明如昼照寒流。

1948年8月

王彦行

　　王彦行（1903—1979），原名王迩，号澹廎、隘厂，福建福州人。毕业于福建省立法政专门学校，1925年赴沪曾任商务印书馆编辑，同济大学校长办公室秘书。著有《澹廎诗录》。诗学杨万里，采撷俗语，陈兼与序其集，以为"高雅深栗，音多凄婉，能为清质语，复时能为丽密语，出入晚唐北宋诸家间，固世所称闽派之指归也"。

辛巳除夕

徂年一雪噤春声，键户哦诗意未平。
藕孔亡逋宁惜日，梅边闵默惯忧兵。
陆沉指顾须同尽，道殣横纵敢望生。
说与诸雏浑不省，看渠喧搅守残更。

1942年

出门书所见

三日池滨路，殇孩弃不收。
酸风干短骭，寒雨渍科头。
荼毒将谁罪？流离幸汝休。
贵游将玉雪，车过亦悠悠。

1942年

夜闻米肆列队待籴，喧咽达曙，不寐感赋

终宵鹅雁极喧阗，转枕彷徨为损眠。
斯世分无天雨粟，何时真见海成田。
淅矛共忍须臾死，梦甑难书大有年。
明日门东儿索取，腐儒惝悔直如弦。

1943年

硕果亭重九之会，予因病不克赴，明日墨翁诗来，以宾客甚盛而无菊为言，次韵奉酬

楼栖郁郁药为炉，想像林扉语笑妍。
客挟秣陵秋气至，诗追元祐党人贤。
从知抗脏难倾座①，剩欲陈芳老受廛②。
莫怼喧风稽菊候，久无彦会似今年。

自注①东坡《重九病不赴述古会》："不作雍容倾座上，翻成抗脏倚门旁。"②墨巢颇称予诗。

1948年

陈家庆

陈家庆（1903—1970），字秀元，号碧湘，女，湖南宁乡人。早年加入南社，毕业于东南大学，历任教于安徽大学、重庆大学。著有《碧湘阁集》《黄山揽胜集》。

自　遣

悔从阆苑到人间，梦里依稀自往还。
弱水他年如有力，愿浮花片返蓬山。

消　夏

冰簟银床小院清，满身花影坐吹笙。
绿天深处凉于水，一片诗情对月明。

1928年

水仙辞

净洗铅华好，盈盈水一方。
轻妆来洛浦，清梦接潇湘。
淡极神难写，春深影亦香。
丛祠明月下，迁礼水仙王。

三十年代作

李 鹤

李鹤（1903—？），字太玄，辽宁辽阳人。任陆军第二十旅少校书记官，"九一八"事变时，随东北军奉令撤退关内。

军中杂诗

退康平

令潜刁斗夜移营，大野茫茫放辔行。
万树萧森银汉耿，一天明月马蹄声。

退彰武

血雨腥风阵阵侵，天颓日死昼阴阴。
尧封禼碎遗民绝，沧海非深此恨深。

1931年

退义县

旌回旆转指红螺，力尽难挥落日戈。

星月敛芒笳鼓咽，踏冰夜渡白狼河。

注：红螺，岘山名。

入山海关

冰满凌河雪满山，金牌十二橄军还。

乌骓蹴踏如含恨，明月迟回懒入关。

1932年

胡才甫

胡才甫（1903—）浙江建德人，曾任之江大学国文系副教授，上海新闻专科学校、上海商业专科学校教师及教务长。著有《沧浪诗话笺注》等。

登六和塔

高塔凭江浒，层檐接翠微。

日斜呈影瘦，风定语铃稀。

秦望山犹在，钱王业已非。

登临无限意，独立对徐晖。

1935年

黄仁基

黄仁基（1903—1978），字次纯，号工善，江西都昌人，养和之弟。早岁师从胡雪抱，后负笈南昌。其诗远酌黄、陈之体，旁汲流于同光体诗贤。陈衍采其诗入《石遗室诗话》，喜其清峻之辞。大半生执教乡里，夏敬观言"始闻乡里有不出户庭之诗人"。著有《持轩集》。

望鄱湖秋涨

闲挈湖光坐石根，塞衢烟艇几家存。
茅飘野水屋何许，树压浮萍村有痕。
坐惜川防成壅溃，欲依晴雨问烦冤。
高寒莫便相呼去，挂眼流亡恐更繁。

寄陈散原丈庐山

长松青翠入须眉，想见渊明独坐时。
乡里曾传五君咏，名山自写一家诗。
寒流积雪门相对，京洛江湖家可移。
我愿诗清真彻骨，会凌绝顶访茅茨。

曾希颖

曾希颖（1903—1985），原名广隽，号子庵，又号思堂，以字行，广东番禺人。少以诗名，早年游学苏联，在莫斯科学习政治军事。归国后，任李宗仁军中参议。1945年弃官后，以诗酒自娱，与熊润桐等号为南园今五子。后移居香港。遗稿有《潮青阁诗词》。论诗主清真刻露，不囿于唐宋门户。诗歌风格遒上，格高调响。

穷　途

雕虫射虎技何殊，负气真同看壮夫。
十万罪言私激烈，一场春梦太模糊。
抱冰盛暑肠犹热，望旦遥天眼欲枯。
最是难忘江淹句，不知诗外是穷途。

归　来

三年塞外学操刀，争奈沉冥一世豪。
瀚海报书鸿雁过，天山回马雪风高。
望门元节将焉止，得酒泉明且自陶。
剩博赤城梦中见，霞标绰约入诗骚。

叔雍赐书慰藉良厚赋诗答一首

停云怅望邈相思，万里南溟去雁迟。

每自乌头伤逐客，漫从犀角话奇儿。

风波突起图难状，霜霰交侵酒不支。

细绎赠言终破涕，爨桐犹有作琴诗。

蒋 彝

蒋彝（1903—1976），字仲雅，号重哑，江西九江人。早年从画家孙墨千学画。毕业于东南大学，二十年代当过芜湖、九江县长。1932年出国羁留英美，漫游世界各地，卖画为生，多次参加国际性的画展。著有《中国绘画》、《儿时琐忆》，有《重哑绝句百首》《蒋彝诗集》。于婉转中见真淳。

地中海看飞鱼

生成鳞甲不寻常，看汝纵横狎莽苍。
敢似仙人骑赤鲤，乘风飞过大西洋。

1934年

康林独步

西风溪上柳初髡，衬出微云秋有痕。
行过小桥人不见，一天黄叶满前村。

1935年

雨 中

晨光晓雾弄纷纭，一白湖山不可分。
花底清香叶上雨，只容瞑坐静中闻。

1936年

神 州

尘沙吹做九边秋，隐隐笳声入画楼。
落日西风最萧瑟，有人收泪看神州。

1937年

熊润桐

熊润桐（1903—1974），字鲁柯，号则庵，广东东莞人。早岁有诗名，性嗜酒。毕业于广东高等师范，历任中山大学、香港珠海书院教授。为南园今五子之一。著有《劝影斋诗》《入海集》。其诗浑厚深醇，于梁鼎芬、曾习经、黄节外独成一家。李拔可极赏识《西塘话旧》诗中一联："'风回岸苇潮方满，日落池荷绿欲沉'二语意境阔大，声调沉雄，令人想见岭南夏色，非吾师海藏不能为也。"（见《兼于阁诗话》）

杂诗六首 选一

江波昼夜徂，逝者不可作。
抚时念我生，万绪交相错。
门前两柴荆，风叶日萧索。
自非岁寒姿，谁能免荣落。

海上重五作

古忧宁谓酒能排，此日无如痛饮佳。
九死骚魂终不返，孤吟羁客欲谁偕。
吾诗只合投湘水，世难真愁老海涯。
醉里仓皇馀北顾，天风吹袂泪频揩。

感事次韵和晦闻先生辍咏之作

一曲沧浪意可思，要知天命在人为。
民多偷乐何云国，士到沉忧欲废诗。
秋水鸣蛙声亦暂，深池瞎马语尤危。
瞻乌未识干谁屋，只有林宗共此悲。

七月廿六作

破晓惊雷作，飞轺挟弹翔。
仰窥天惨淡，瞑想血玄黄。
高枕徒三窟，危栏自八方。
微躯游羿彀，不必叹迷阳。

1937年

广州归后作

登坛叱咤气何雄，谁料名城一夜空。
狗盗乘时多致富，将军逃命尚论功。
鸥衔腐鼠鹓遭吓，蚓饮黄泉士本穷。
太息乾坤焉置我，万方同在泪痕中。

熊十力老人《困学记》读后感赋

独学频年意自孤，纪闻琐琐讵称儒。

秋来鉴水心宁止，酒后看云泪欲枯。

少日亦期参圣解，只今悔不作凡夫。

从君大愿同尼叟，未信斯人可与徒。

端午雨中

依然叠鼓动江城，谁解惊心到死声。

无地与埋终古痛，彼苍何靳片时晴。

原知风雨随潮急，都付儿郎击楫轻。

寂寞深怀聊独写，醉来歌哭不分明。

余心一

余心一（1904—1942），字印可，广东潮安人。毕业于广东高等师范学校，年二十一岁时任澄海县长，后转徒上海、广州、香港、南京等人。南园今五子之一，有《阙思斋诗集》。

追暑郑仙祠，晚饮村舍同润桐、希颖

巾车骋暇闲，芳甸揽清旷。

祠荒岚翠入，夏深溪语涨。

一亭风蝉幽，潇洒此相向。

坐雨遂及夕，归兴托村酿。

黄尘逼烦热，人生苦相抗。

三十四十交，登临常跌宕。

远山使客愁，名酒令意荡。

君看李杜才，激越终凋丧。

安得近郭凉，葛衣时三两。

饮食混樵苏，敛诗归平畅。

浦江清

　　浦江清（1904—1957），江苏松江县人。1922年考入东南大学外语系，毕业后由吴宓荐入清华研究院国学门。1929年转至清华大学中文系任教授。七七事变，随校南迁至云南蒙自、昆明。战后随校迁回北京。诗宗苏东坡、黄山谷，不落凡近，对仗工稳。有沉雄阔气象，而又曲折掩映。著有《浦江清文录》。

秣陵纪游绝句八首 选一

微闻江上起哀弦，灯火琵琶第几船？
一自歌残玉树后，秦淮流水自年年。

1922年

晨 起

晨起梳头晓日曈，晚春烟物看微濛。
雨留隔院三分翠，花入前山一径红。
窥阁鹂莺犹索语，伴人梅李已随风。
野朋早约青溪去，未许从容理钓筒。

天寒茶客少，凭鸡鸣寺楼不觉遂久

寺楼久与我相违，红叶山头迹已归。

积水剩窥浮世理，西风未减去年威。

昏昏寒日人终倦，漠漠平城鸟自飞。

一笑凭栏狂亦可，旧时心志渐无依。

1925年

游玉泉山

西山万嶂此发端，直从寥廓起孤峦。

绝顶浮屠高缥缈，日斜下映琉璃盘。

盘底龙泉涌千线，散作珍珠走水面。

趵突长碑欲就苔①，何论其上芙蓉殿②。

吕公洞口云壁荒，帝业仙踪两渺茫。

独有清歌动幽壑，鸿雁欲下随翱翔。

自注：①清高宗有"玉泉趵突"一碑。②裂帛湖上本金章宗芙蓉殿故址。

1926年

路南石林

路南县名，在昆明东南百里，有石林、大叠水诸胜。与郑桐荪、朱佩弦诸君同游。

森森巨石密成林，道是洪荒海蚀成。

磊落嵯峨由冥纪，玲珑窈窕出无生。

蛟龙远徙存魔窟，日月常悬照黛城。

到此沉吟元化事，眼前知换几蓬瀛。

1939年

赠育琴

万里流亡比转蓬，兵尘相失又相逢。

旅愁莫释千重结，世味温存一笑中。

故国莺花留梦在，江乡消息隔年通。

平生渐误凌云志，剩向故人说旧痕。

1939年

辛巳残岁返松即事，与琢翁唱和遂成四首 选一

大道原来有显藏，敢将私意叩东皇。

即今漂溺同寰宇，岂独流离在一乡。

痫患因循终溃决，兵由不戢自焚伤。

堪嗟终古纷争局，尧舜犹惭爝火光。

1942年

龙泉村中同游泽承论诗，即酬其东坡粲字韵

人生无坦途，崎岖者过半。

诗人抱至性，哀乐付咏叹。

要以真性情，非假笔墨玩。

当其在冥搜，志意若萧散。

逍遥上寥廓，独与造化伴。

屈宋启骚心，阴阳割昏旦。

曹王共渊明，千古接几案。

李杜生同时，蓬飘天宝乱。

吾爱苏黄诗，薰香三沐盥。

譬如听古琴，情正调自缓。

馀力在书卷，妙语出珠贯。

诙谐令人怡，不觉起庸悗。

何其在世时，与人久冰炭。

天涯几迁谪，宅心类虚馆。

穷达非所论，文字借馀暖。

吾侪秉短烛，仰此星斗粲。

1944年

昆明黑水祠酬泽承苦雨诗韵

山抱微阳水抱阴，龙祠潭古气浸淫。
翳然濠濮庄生想，不废池塘谢客吟。
独树碍波成夭矫，群鱼争饵出潜沉。
因知物理皆如此，老我人间忧患心。

重返清华园居

旧日园林认梦真，逢迎握手笑相亲。
十年辛苦天涯泪，万里归还劫外身。
提抱无家儿女大，枕衾长隔鬓华新。
关山此日犹鏖战，知是同胞是故人。

1946年

刘大杰

刘大杰（1904—1977），湖南岳阳人。早年留学日本，历任暨南大学、复旦大学教授。著有《中国文学发展史》，有《春波楼诗词》。

秋兴一首寄郁达夫

寒云愁雨满江天，醉酒谈诗十四年。
当日谁能悲贾谊，而今我自爱张颠。
休言湖海难逃网，只恨文章不值钱。
窗外潇潇秋意冷，断肠风味写吴笺。

1935年

入　峡

轻舟已过岭云西，巫峡巫山入梦迷。
江水无心悲路险，峰峦有意恨天低。
依然夜哭惊风雨，何日边城息鼓鼙？
我亦有家在东海，迢迢客梦到深闺。

1935年

钟敬文

钟敬文（1904—2002），广东海丰人。曾任教浙江大学、中山大学。中央文史馆馆员，锐志为诗。以开创民俗学研究成家。

砭 石

云容酒意共沉沉，过瓦盲风带远音。
驱魅岂能凭薄纸，祭诗空复托清吟。
十年处境千熊胆，一夕笼灯万劫心。
多士泥涂同醒眼，敢辞危坐到宵深。

施叔范

施叔范（1904—1979），浙江余姚人。曾任浙西行署参议。与夏承焘、邓散木相交契。其诗效法陆游，清雄而不乏沉健。

登东天目

高天两泪看苍生，一剑华夷万众争。
树挟风云通霸气，山连吴越比长城。
新霜柏熟郊原美，野舍芋粗爨火升。
避寇得留江右地，忧时差慰庾兰成。

曹靖陶

曹靖陶（1904—1974），字惘生，号看云楼主，安徽歙县人。肄业暨南大学，曾执教中学，后任《时事新报》编辑。诗风清苍郁律，许承尧见其《看云楼诗集》稿，惊叹说："老夫遇一劲敌矣。"陈三立评其诗云："冲澹之格、俊逸之气，自殊凡响，尤以五言为最胜。"

冥　坐

冥坐丛千虑，楼观慰两眸。
云依峰势压，水挟月光流。
渔火钻林隙，笳声警陌头。
满天霜气重，万户足衣不？

故　园

亦有秋消息，牵衣缀竹藩。
林深微辨路，屋散各成村。
浪欲挤江破，云疑挟岫奔。
故园悬寤寐，漫羡武陵源。

新安江舟中作

远岫看无尽，舟行觉岸迁。

浮鱼争唼雨，乱石曲萦泉。

破壑披云幔，冲沙露竹鞭。

留连随领会，倚枕复酣眠。

赵银棠

赵银棠（1904—1993），字玉生，女，云南丽江人。毕业于东陆大学，在丽江、鹤庆等地作过教师。著有《玉龙旧话》等。

泸沽湖

春山环翠抱泸沽，滇蜀相邻共此湖。
三百周沿深不测，远浮岛屿影迷糊。

闪烁金光日照时，满湖珠玉碧琉璃。
胸怀涤净尘埃绝，独立岛头有所思。

1943年

玉龙山

玉立通灵千峰白，盘亘不断万里脉。
神龙到此欲腾空，昂首中原天地窄。
呼吸云海噫罡风，混沌洪荒倏忽中。
上邻星日光永在，下开江流不计功。
鳞爪皆作邱与壑，琼树瑶华自绰约。
水晶世界广寒宫，神仙怕夸健腰脚。
欲睹真面一何难，四时烟雾封冰峦。
看山不辞路远绕，入山清梦乘白鸾。

梦里有我属版籍，似认前踪未改迹。

醒见满山雪茫茫，月是化身凝皓魄。

妙景奇趣那胜言，谁能一一究渊源。

名山自昔称五岳，互争高下比卑尊。

终古冷淡持皎洁，迥绝人间玉龙雪。

1947年

缪 钺

缪钺（1904—1995），字彦威，江苏溧阳人。早年肄业于北京大学文科，历任河南大学、浙江大学、华西大学、广州学海书院、浙江大学教授。1946年定居成都，任华西协和大学中文系教授，兼四川大学历史系教授。有《南渡集》、《冰茧庵诗词稿》。远宗阮籍、陶渊明、李商隐、黄庭坚、陈与义，于近人则推崇黄节、陈寅恪诗。往往以宋人之骨而兼唐人之韵，富有沉郁顿挫之致、清疏淡雅之美。

上元之夜，偕友人市肆小饮，剧院听歌

重云未肯减馀寒，小市寻春强自宽。
酒醉异乡能化泪，歌听水调讵成欢？
飞鸿影事灯前忆，舞燕腰身掌上看。
莫怪放游近荒宴，欲凭豪兴慰艰难。

感 怀

惘惘心情入世非，宛然弱丧渐知归。
滋兰未必花能发，访旧其如燕已飞。
夜读不嫌灯照影，早行犹惜露侵衣。
芬馨难尽追怀意，争奈秋桐叶日稀。

感愤 闻沈变后作

曲突谁防患未萌，火焚危幕始知惊。

东封竟作珠崖弃，儿戏真怜灞上兵。

拔舍尚能观士气，哭秦宁肯履前盟。

礼亡早识伊川祸，陈策无由愧贾生。

1932年河北保定

春 望

桃绽春舒眼，楼高客伤心。

东溟潮未落，南国昼多阴。

终信天能补，谁言陆可沉？

试参消息理，乔木变鸣禽。

独 倚

独倚栏干有所思，南荒流转又经时。

藏舟去壑伤何极，负锸移山志可期。

已痛句吴强入郢，岂容华夏半为夷。

雄文应勒燕然石，肯向新亭但泪垂？

1939年广西宜山

涂公遂

涂公遂（1904—1991），江西修水人。早年毕业于北京大学，任教河南省立师范，河南大学文史系。后流寓海外，历任香港休海、新亚等书院教授，新加坡南洋大学文史系主任。著《丙寅吟稿》、《鹤梦词稿》等。

奥原庐

万竿修竹绕吾庐，弥王峰前展画图。
九曲溪声来远近，两行篱落自萧疏。
闲携稚女食瓜果，偶合邻翁荷斧锄。
作个生涯真不恶，松阴一梦觉华胥。

感　怀

一山微雨酿春寒，离客孤心感万端。
今日何人怀管乐，南中无处觅玄安。
但悲身世非豪杰，欲挽危亡仗胆肝，
许我疆场能杀贼，未妨马革作铜棺。

罗世文

罗世文（1904—1946），四川威远人。1933年任中共四川省委书记。长征后任陕北红军大学教授。

别汉入蜀

金陵铸鼎梦难圆，赵构君臣走蜀川。

龙虎苍茫留国耻，龟蛇黯淡失汤坚。

企图揖盗输缯策，忍作焚其蒿里篇。

豚犬诸郎难了事，终朝坐食误坤乾。

周瑜笙

周瑜笙（1904—1944），号窥天室主人，湖北天门县人。
终生从教。诗风偏于沉着。

九 日

江风滚滚浪涛哀，极目霜鸿远浦来。
沿野旌旗惊鼓角，伤心世路尽蒿莱。
几人相对新亭泣，万马遥闻故垒开。
恨我请缨空有志，无端长啸寄高台。

感 时

相搏但闻血肉飞，斯时毕竟咎谁归？
江山秋至无生意，井灶烟空困久围。
折臂人因兵役苦，催租吏却马囊肥。
野人侧目伤时政，未敢上书言是非。

潘伯鹰

潘伯鹰（1904—1966），名式，别号凫工，安徽怀宁人。著名书法学者、书法家。毕业于上海交通大学，留学日本，归国任教于暨南、同济大学。四十年代在重庆，饮河诗社成立，任《饮河集》主编，编集上百册诗集。有《玄隐庐诗》十二卷，存诗1099首。其诗风苍浑而蕴藉，寓沉雄于掩抑。潘受序中论其诗云："思深意远，境高语妙。其感其情，皆今人之感与情；其体制、其格律、其声调则无不古，直与时代相氤氲、相磅礴、相呼吸、相歌哭。"

万　虑

万虑人间总谬悠，此身惟合喻虚舟。
枯禅渊默初澄慧，灵雨飘萧更洗秋。
坐觉文殊来丈室，欲呼明月共高楼。
无心底用安心法，檐角银河自在流。

拾煤核

雪漫天，风撼壁，朱邸沉沉临道侧。绣帏暖炉玉楼人，蝶飐花娇正无力。弃煤委地出香厨，屋后贫娃来拾核。褐衣不掩胫，俯行雪满脊。承筐是将，爰罗爰剔。旋拨残灰抉碎石。远视茫茫但一白，蠕蠕渐近分形迹。自言大雪无人争，喜气轩腾动颜色。我行前致辞："适而可止君其归。贪多忘却北风烈，肌肤冻破爷娘悲。"呜呼辽东雄县称抚顺，本溪湖水明珠润。铁锁凌天星斗高，钢机凿地雷霆震。谁令拱手事虾夷，十万为奴仰残烬。天之锡我何其丰，谁则斩之人所忿。东倭举国肆狂氛，痛见炎黄血霜刃。墙根拾核未云悲，忍说他时无一寸。覆巢安望卵能完，一例朱门会同殉。江草江花句尚新，杜陵忠骨久成尘。时危空负乾坤大，我亦长镵抗饿人。

闻十九路军屡歼倭寇喜赋二绝句

（一）

自恃投鞭足断流，西来猛识阵云愁。
淞滨初溅虾夷血，要洗炎黄一代羞。

（二）

露布朝驰万户看，凛然共见寸心丹。
东风未转深壕湿，切语军中慎晓寒。

1932年

残　冬

谁挽羲和碎玉衡？残冬风吼逼心惊。
著书将以通忧患，报国虚劳誓死生。
拔地倚天情所积，吞毡餐雪气终横。
平生不滴谋身泪，自断刚肠寸寸鸣。

巫 峡

峡气萧森压石门，千秋高咏杜诗魂。

路穷阴壑云都尽，山蔽阳乌水不温。

雨断应教神女泣，天低如让老猿尊。

何心更作《高唐赋》，径入蚕丛讯劫痕。

祝融峰

茫茫到此更何之，绝顶先登却自危。

云海荡胸仍块垒，兵尘满眼各离披。

敲冰破冻玄都震，射日弯弓赤帝悲。

铲尽祝融峰作地，为君重扫碧琉璃。

1938年

衡岳喜遇吴雨僧教授兼闻香港熊君死耗，悲慨昔游，赋诗奉赠

乱离何意各生还，执手方惊会合艰。

宗国川原漂碧血，残冬雾雨蚀朱颜。

荷声藤影长邀我，棋几胡床正对山。

进泪昔游如隔世，怜君双鬓亦成斑。

雨　雪

莫为凝寒怨积阴，稍凭雨雪润冬心。

依檐湿羽回梳急，隔巷泥车入听深。

老树久僵终兀兀，微阳斩露旋沉沉。

小诗哦就翻愁写，只合吾生结舌瘖。

陈逸群

陈逸群（1905—1928），江西铜鼓人。省立第一师范毕业后，归任铜鼓县总工会常委，以中共党员身份任国民党铜鼓县党部宣传部长，从事革命活动。1927年被捕入狱，后在狱中组织暴动未成被杀。

被　捕

我今何事作楚囚，身负缧绁入囹幽。
白云悠悠寒雁怨，狴犴森森鬼神愁。
铁窗生涯意中事，鼎镬甘饴冀能求。
留得明月松间照，制取干将斩雠仇。

押往南昌途中

缧绁加在桃李枝，晨光熹微穿赭衣。
穴中蝼蚁蠢蠢动，枪上刺刀晃晃威。
天地阴沉时震怒，日月暗淡失光辉。
桁杨雨润待何日，肺石风清不易期。
关杀岂可宁宇宙，桎梏哪能困蛟螭。
此去只凭莫须有，留得青山扬笑眉。

狱中杂吟 选二

（一）

除夕灯火本辉煌，囹圄平淡不见光。
加强警戒增哨位，禁绝亲友来探望。

（二）

夜深更静脚镣声，惊断愁城梦里魂。
借问来此什么案，瞠目不能说原因。

凌　霄

　　凌霄（1905—1931），安徽贵池人。在铜陵建立党组织，从事地下工作，被捕牺牲。

无　题

江湖游客迷，旅困有谁知。
鸟散芳园冷，月来故里思。
寒江添客梦，夜雨动情丝。
吉士天难厄，终归得意时。

肖次瞻

肖次瞻（1905—1940），原名炳煌，又名次斾、汉吉，贵州思南人。初任中华全国邮务总工会筹备处常委，后任中共贵州省工委秘书长。1940年被特务逮捕入狱，被害于贵阳。

狱 中

云锁苍穹铁锁门，才惊午炮又黄昏。
焦枯床板连肝腑，灰黑檐墙合梦魂。
人世荒唐堪诅咒，血轮循转自寒温。
殷勤护惜三朝孺，收拾锋芒且勿言。

卢　前

卢前（1905—1951），字冀野，江苏南京人。1926年毕业于东南大学，吴梅弟子。历任金陵大学、暨南大学、中央大学教授。首届参政员。1935年于右任创办《民族诗坛》杂志，约为主编，1946年任南京通志馆长。有《中兴鼓吹选》《卢参政诗选》。

夜游北湖

暗中失去钦天阁，才到菱洲向四更。
寂寂湖山已沉睡，星星灯火尚能明。
悬知荷盖擎无力，陡觉蚊雷聚作声。
剩有摩胸飞动意，不因风敛縠纹平。

下　城

下城今昔已沧桑，屈折江流绕胃肠。
兵气每于文字见，秋心不与壮夫凉。
康衢曾识崎岖路，荒瘠看成稻麦场。
独为人间留两眼，旌旗峡水共低昂。

内江行

内江乞儿满街走，长者十三幼八九。

白身垢面首飞蓬，破碗残羹捧两手。

一声哀号数人和，东啼西啼不绝口。

行人哪顾乞儿啼，但道此邦多富有。

邑有流亡责在谁？寄语内江贤父母。

张建白

　　张建白（1905—1991），号采庵，广东番禺人。毕生在广州等地中学教书。有《春树人家诗词钞》。其诗清畅而兼沉雄。

感　事

东海无劳问浅深，风波憔悴念精禽。

而今敛翅归何许，早负当年衔石心。

1938年

焚　椒

焚椒捣麝已成尘，大劫犹存不坏身。

月下无人堪作老，墙东有女久窥臣。

阴成蕉叶才三尺，花发荼薇又一春。

多谢天南云朵朵，琴书磊落未全贫。

1939年

香岛沦日取道广州返乡

城闭珠江古五羊，此来愁绝说还乡。

争知鸿雁饥民国，犹在乾坤大战场。

春草难为兵后绿，梅花寒勒劫馀香。

王师何日编龙武，也有书生一剑长。

1942年

胡溶光

胡溶光（1905—1949），字斗南，满族，黑龙江齐齐哈尔人。1927年考入燕京大学中文系，毕业后历任安达第五中学、省立师范学校国文教员，后任嫩江省师范副校长。有《雪晴吟草》。

春柳四首和木叶山人原韵 选一

莫绾新愁送客先，长亭春色绿凝烟。
暖生南陌晴连日，弱减东风瘦几年。
拂马每傍斜谷道，藏鸦好伴夕阳天。
纤腰袅娜迎风舞，月到梢头只自怜。

卜奎八咏 选一

海粟亭中纳晚凉，青青草色送幽香。
江边垂柳迎风舞，一片烟波入夕阳。

感 时

如缕曙光现复沉，艰难国步入阴森。
幕中已透干戈影，宫外犹传雅颂声。

1931年

汪岳尊

汪岳尊（1905—1998），安徽全椒人。行医为生。有《石庐诗词存》正、续集。诗兼融唐宋，骨格坚苍，风神雅淡。

避 地

避地生涯类转篷，旧游难忘是江东。
半篷湖面催诗雨，一枕楼头吹酒风。
灵谷泉声新霁后，愚园石色夕阳中。
惟怜一别胡尘暗，独卧空山看杏红。

1938年

湘西流亡途中

辚辚千里响车音，历惯山丛与谷深。
多累真怜虫负版，倦飞翻羡鸟还林。
百年避地移家泪，万里投荒报国心。
无补涓埃应愧否？但将正义发高吟。

西 行

国伐原来自伐先，万千民命值文钱？
舱中队附盆为帽，头上倭机翼蔽天。
震撼山河闻既惯，纷飞血肉想当然。
不遭惨死胡云幸？留得馀生到处羶。

周虚白

　　周虚白（1905—1997），四川新繁人。入中学时，投书向庞石帚学诗，先后在成都华西大学、四川师范学院任教。著有《周虚白诗选》，王仲镛序中云："其诗多从性分中来，出之以自然。即居夷处困、念乱伤离之什，亦复辞气微婉不迫切，绰有无入而不自得之气象。"

大雨后作

蕉扇不生风，漆云初覆首。

大块忽噫气，便作狮子吼。

瓦沟乱珠跳，坳水败叶走。

百昌若遇赦，一凉欲近酒。

翻思苦焦灼，室窘如居缶。

孔席移复暖，秦法梏在手。

有客田间来，姁姁话迂久。

龟坼出枯荄，濯濯望陇亩。

世乱天亦忍，恒旸竟谁咎。

饥寒因所习，官租安可后。

乞雨如乞食，万夫呿其口。

一饱得幸托，人力于何有。

泠泠气候变，流云但昏黝。

丈夫不美睡，悢悢苦尘垢。

冥心岂有悟，良夜信非偶。

万籁护藤床，踞脚粲星斗。

1926年

重建龙桥桥成

水界分南北，晴虹亦乍通。
波喧白啮柱，帆远碧张空。
步步何曾住，滔滔只向东。
瓦沟鳞甲动，百丈欲成龙。

1926年

随女师疏散，往教彭山

梁月惊残梦，江帆发上游。
岸方随树转，云渐辨星收。
欲尽山川兴，终怀寇盗忧。
何当由此叶，慷慨遍神州。

1938年

雨后溪行

不辞风雨淹长夜，电挟雷奔逆耳听。
海欲汤汤观水汇，天真漠漠予人醒。
涨痕啮岸萍粘绿，倒影摇波树乱青。
渐远农讴渔唱出，迟回残潦一楼星。

1948年

施蛰存

施蛰存（1905—2000），一名舍，别署北山，祖籍浙江吴兴，生于上海松江。曾任教于厦门大学。有《北山楼诗》。后为华东师范大学教授、《词学》主编，上海文史研究馆馆员。有散文、小说，论著、编著、译著多种，旧体诗作品辑为《北山楼诗》。

寄秋原美洲

微云初破犀梳月，念尔孤行海外身。
已结银屏千里梦，难消梅蕊一丝春。
浮沉繁市终夷域，歌舞华灯奈此人。
传语相思了无益，枉缘书札损文鳞。

得家报知敝庐已毁于兵火

去家万里艰消息，忽接音书意转烦。
闻道王师回濮上，却教倭寇逼云间。
屋庐真已雀生角，妻子都成鹤在樊。
忍下新亭闻涕泪，夕阳明处乱鸦翻。

饭后独行莲花池上口占

饭罢萧然一杖轻，莲花池畔漫经行。

云南春早花将尽，城北山多路不平。

闻道佳人曾照影，即今胜地亦陈兵。

何时展席容舒啸，笛吹频为出塞声。

为女弟子杂题堆绢花鸟十三首 录四

（一）

千叶桃花照眼明，比肩鸳鸟拍波行。

若教波逐花流去，谁为多情伴一生。

（二）

雪满庭深月满廊，一枝横处动幽香。

如何不作乘风想，来与佳人点额妆。

（三）

沉香亭畔露华浓，彩凤翩跹下九重。

传语贵妃新病酒，春光欲去且从容。

（四）

陶公饮酒开三径，屈子餐英咏九歌。
见说近来寥落甚，霜枝空守北山阿。

1937年1月

青　雀

几回怅望隔云端，青雀终飞竟夕寒。
秋菊春兰艰俱并，锦鳞绣羽各伤残。
萧斋迟日蓬心断，幽壑长年桂叶丹。
后夜月明南海上，琅玕千树任栖鸾。

1939年

水帘在丹霞嶂北

十丈轻帘始下机，垂崖划地映朝晖。
忽逢碧树沾空翠，渐被丹霞染满绯。
泽芷徐熏增馥郁，天风微动散珠玑。
玉娥收去施刀尺，冷月光中作舞衣。

闻罢兵受降喜而有作

薄醉方酣睡，喧呼搅梦思。

忽闻稚子语，已是罢兵时。

推枕犹难信，巡街始不疑。

并将羁旅恨，一笑展双眉。

1945年

王季思

王季思（1906—1994），名起，字季思，以字行，浙江温州人。1924年考入南京东南大学中文系，毕业后在浙、皖、苏等地中学任教。抗战时在浙江龙泉分校教书。著有《越风》《玉轮轩诗词录》等。夏承焘题辞云："出手肯从元祐后，用心要到建安前。"

苏堤曲

芳草何萋萋，一步一低迷。
西湖女儿水，裙带作苏堤。

苏堤日暮停画船，断桥风柳袅轻烟。
家家灯火方争夜，处处笙歌欲沸天。
湖山歌舞朝还暮，花草伤心迷不悟。
葛岭惊传胡马嘶，钿车久绝西泠路。
寒碧玲琮出石根，翠禽无语向黄昏。
春来万树桃花发，更与西湖添泪痕。

1937年

竹枝词

渡头妹子渡口郎，相逢只合便成双。

米筛宛转筛红豆，过眼相思那得忘。

喜晤孙养瞿、余越园、刘卓群三先生于龙川

负海群山望欲平，天留三老待河清。

银髯照酒龙蛇动，古屋传灯魑魅惊。

楚泽行吟伤去国，杜陵野哭伫收京。

漫漫长夜何时旦，转恐荒鸡是恶声。

龙泉除夕

笑啼儿女尚灯前，炉火无温我欲眠。

便有欢娱非昨日，相看鬓发各中年。

西山晓色添眉翠，吴市春声到枕边。

回首师门一凄绝，蕉风椰雨暗蛮天。

自注：一九三〇年春节，我偕碧霞在苏州双林巷吴瞿安先生家作
客，一九四一年在龙泉过除夕，时瞿安先生已病殁滇南，思
之悲怆。

卖鸡蛋

谁呼卖鸡蛋，赤脚江北嫂。

篮篮手中提，囡囡怀中抱。

问他篮中蛋，那得这样小？

她说今年荒，四乡没寸草。

人饥鸡亦瘦，鸡瘦蛋亦小。

不见怀中囡，两手如鸡爪。

船家妇

风撼屋，雨打窗。船妇夜坐待船郎。

待得船郎归，挑灯烘湿衣。

湿衣烘未干，乘客催开船。

开船何匆忙，穿错奴衣裳。

奴衣衫袖短，倦梦迷寒江。

愿得江头十亩田，与郎相守年复年。

自注：这是抗日战争末期在瑞安飞云江夜航船里写的，那个穿错了
妻子上衣的船夫一路嘀咕，为的是他妻子只有这一件遮身的
上衣，给他穿了就起不得床了。

王泰吉

王泰吉（1906—1934），陕西临潼人。与刘志丹等人创建西北工农革命军，任参谋长。1933年任西北民众抗日义勇军总司令。不久改编为红军二十六军四十二师师长。1934年去豫陕边做兵运工作，被捕就义。

狱中诗

三尺榻上不容睡，五步室内寄余身。
狂吟将伯君毋躁，独对铁窗思好音。

二十八岁空蹉跎，为谒故人入网罗。
狐鸦结交吾有愧，悬睛待看事如何？

1934年

绝命诗

崤函振鼓山河动，萧关频翻宇宙红。
系念袍泽千里外，梦魂应知寄愁容。

宛敏灏

宛敏灏（1906—1994），字书城，号晚晴，安徽庐江人。
1934年毕业于安徽大学中文系，历任国立女子师院副教授、安
徽学院、国立音乐学院教授、安徽大学及安徽师范学院教授、
中文系主任。著有《晚晴轩诗词稿》。

抗战胜利，交通梗阻感赋

时在四川江津白沙镇

小镇争传复九州，欲归无计转增愁。
杞忧未解天倾虑，国事依然肉食谋。
流落黎民江上望，升腾鸡犬太空游。
一樽且买他乡醉，俯仰人间浩荡秋。

1945年

胡云翼

胡云翼（1906—1965），湖南桂东人。1927年毕业于武昌师大，先后在长沙岳云中学、南华女中、湖南省立一中、江苏无锡中学、镇江师范、暨南大学任教，后在上海中华书局、商务印务馆任编辑。著有《唐诗研究》《中国文学史》等。

无　题

花颜流媚伴中宵，庭院深深锁翠翘。
月未圆时人欲别，载将离恨逐春潮。

空劳梁燕护春泥，忍听落花帘外啼。
到此方知生世碍，人间天上两凄迷。

岁首自嘲

已见千山断鸟飞，知将蝶瘦妒蜂肥。
放诸四海曾皆窘，真下五洋安得归？
客处似家家似客，非其所是是其非。
剧分悲喜缘何故，懒未修书问白薇。

吴白匋

吴白匋（1906—1992），江苏扬州人。1925年入金陵大学，师从胡翔冬弟子，毕业后留校任教。1941年，改任四川白沙国立女子师范学院教授，1946年任江苏教育学院教授。解放后任职于南京大学。程千帆在《吴白匋先生诗词集序》中以为其诗"神思卓异，摆落凡近"。

丁卯重到金陵

榴花已落朱门外，大道高轩自往还。
昨夜鹤声千户梦，依然龙气六朝山。
黄尘不碍时人目，金粉能骄壮士颜。
把盏莫言惆怅事，秣陵新柳又堪攀。

1927年

河决花园口

乱世常河决，新闻自炸堤。
鼯鼪窜帷幄，鱼鳖听蒸黎。
沉陆贫生溺，滔天智更迷。
我师仍屡北，狂寇总能西。

1938年6月

杜兰亭

杜兰亭（1906—1997），江苏无锡人。大革命时期任无锡总工会秘书。有《饮河轩诗词稿》。植根李、杜，服膺苏、黄，格调清雅。抗战时避居太湖之滨，诗风一变为沉郁苍凉。

夜 读

请缨投笔两何曾，中夜彷徨起镂冰。
事有难言馀白眼，书无可读误青灯。
躬耕岂必真非计，高隐终怜病未能。
天地凄凉人意恶，怪他飞集字如蝇。

1927年

游 仙

黄昏庭院夜朦胧，已上柳梢月一弓。
花影怒潮风露下，眼波流照寂寥中。
来迟怜尔单衣冷，立久看人两鬓蓬。
万语千言无说处，抬头鹦鹉在金笼。

1932年

洪传经

　　洪传经（1906—1970），字敦六，号漱崖，安徽怀宁人。中央大学毕业后，留学英、法两国，获经济学博士。归国后，先后聘为湖南大学、四川大学、安徽大学教授。著有《洪传经诗词集》。

静观园闲眺

　　紫塞秋来已似冬，一园梨花抱残丛。
　　偶因风劲枝吹折，只为霜侵叶娇红。
　　野涧通湖疑怒吼，微阳无力炯高空。
　　可怜景物萧疏甚，极目天涯望断鸿。

1938年

秋夜园中偶成

　　欲共天心看物情，衣单露冷夜三更。
　　钟因杵重声偏远，树为风高叶渐鸣。
　　惯见繁星随序转，可能孤月照人明。
　　银河我欲浮槎去，横笛高歌更濯缨。

冬至独游郊外

南冠久著足难遥，偶犯霜威过断桥。
旷野已无墦可乞，枯肠宁许酒常浇。
十年岁月磨双鬓，千古升平困一瓢。
忍对湖山温旧梦，行吟何以永今朝。

过雷峰塔故址

我年十二到钱塘，犹见雷峰古道旁。
净寺钟声回远谷，南屏山色锁斜阳。
蓬头老衲今安在，缄口金人迹又亡。
独倚孤藤吊兴废，浮生万事海茫茫。

1949年

次韵清平同游西溪四首 选一

丧乱存周鼎，艰虞读楚骚。
心平泰岳小，潮怒浙江高。
身世悲鸿爪，家声愧凤毛。
苍茫天宇阔，萧飒见惊涛。

1938年

秋　晚

强忍晨寒踏乱苔，潇潇微雨挟轻雷。

莫嫌秋老无颜色，犹有庭花一树开。

赵树理

赵树理（1906—1970），山西沁水县人。抗战时担任《黄河日报》副刊"山地"主编，后来到太行山中共党委宣传部工作。是被称为"山药蛋派"的代表作家，偶作旧体诗。

乞巧歌

儿时七夕随姊嫂，月下投丝争乞巧。

不知乞得巧几多，但见贫前人人笑。

而今"七七"有青年，不投鬼丝投炸弹。

豺虎窦中作巧盆，隔墙投去火花溅。

中西历法固相殊，乞巧之方亦大变。

投来有色复有声，乞得民族英雄愿。

乞巧良机夜夜声，民族英雄处处吼。

遍地时有乞巧人，豺虎安得不发抖？

徐燕谋

　　徐燕谋（1906—1986），江苏昆山人。1929年毕业于光华大学。后为湖南国立师范学院、光华大学、复旦大学英文学教授。宗宋诗，尤爱苏东坡、黄山谷诗。其诗峭洁遒警。

同默存九月初三月露之作

明月出海底，偷取鲛人泪。
晶莹百斛珠，嫦娥不自秘。
缀以万银钩，殷勤赠下地。
红紫悲迟暮，持还双泪堕。
竹被裴翠裳，安用珠作珥。

1939年

萧涤非

萧涤非（1906—1991），江西临川人。与游国恩为同乡好友，同门师弟。早年毕业于清华研究院，出黄节（号兼葭）门下。任教山东大学、中法大学、西南联大、山东大学。著有《杜诗选注》等。

歪诗戏呈闻公一多

闻公良可慨，多艺不疗贫。
铁笔成何事，虬须独有神。
高言时骇俗，浩气欲凌旻。
涤也悠悠子，退随惜苦辛。

1945年

早　断

好去娇儿女，休牵弱母心，
啼时声莫大，逗者笑宜深。
赤县方留血，苍天不雨金。
修江与灵谷，是尔故山林。

答朱自清先生问

为报先生道，春来未有诗。

半生不死地，多难寡欢时。

绕树犹三匝，临巢又一儿。

只应牛马走，前路了无思。

1946年

华钟彦

华钟彦（1906—1988），原名连圃，辽宁沈阳人。毕业于北京大学，历任东北大学、东北师范大学、河南大学教授。主编《五四以来诗词选》，著有《华钟彦诗词选》。

侠士行

男儿生不能备身王门执金吾，
又谁能卑身甘为虏作奴。

短衣揖客出门去，宝剑千金醉后盱。
行行路出江南道，十万胡儿身手好。
铁血春红陌上花，鬼磷夜碧江边草。
虏帅大纛号嫖姚，百战归来马正骄。
山兵欲崩天变色，长虹贯日风萧萧。
布衣怒，三五步，事成不成非所顾。
霹雳一声江水立，乾坤漫漫迷烟雾。
报韩争说博浪沙，击之不中羞还家。
拼将一颈孤臣血，开作千年帝子花。

按：记朝鲜人尹奉吉暗杀在上海阅兵的日军白川大将。

1932年

朱 偰

　　朱偰（1907—1968），字伯商，浙江海盐人。得在其父、史学家朱希祖庭训，精研文史。1932年在德国柏林大学获得经济学哲学博士学位，回国后，受聘于中央大学，先后任该校经济系教授、系主任。著有《建康兰陵六朝陵墓图考》《汗漫集》等。

九月十六日东北沦亡前二日重至后湖

　　云霞缥缈水连天，阔别名湖又一年。
　　秋后江山难入画，晚来风物易成妍。
　　长堤芳草伤心绿，半郭垂杨带雨鲜。
　　最是金瓯残阙尽，年年此日警烽烟。

1933年9月

五月二十七日奉高堂游玄武湖

　　江山如画一倾杯，湖上青峰翠作堆。
　　打桨人随波影远，采莲风送暗香来。
　　浮生何处寻幽境，乱世无由避劫灰。
　　愿得清风明月夜，岚光水色共徘徊。

1934年5月27日

万里长城歌

君不见，长城万里气吞胡，秦皇汉武逞雄图。但使长城名不灭，大汉天声终不绝。横大漠，凌海隅，天马西来大宛珠，乐浪为郡匈奴墟。只今辽海头，黑水澌急流。荒城照落日，白骨无人收。胡马南来牧，饮马黄河曲。长城不能限马足，黄河难洗燕云辱。朱旗殷北斗，齐向长城口。高唱出塞歌，痛饮黄龙酒。曾见秦时月，曾见汉时关；曾见上将宣威鸡鹿塞，曾见前军踏破贺兰山。大汉之魂归乎来？万里长城安在哉！大汉之魂归乎来，万里长城安在哉！

欣闻欧战胜利结束

玄黄恣血战，于兹已八载。
龙蛇互变幻，兴废非一态。
霸主肆荼虐，万邦同敌忾。
杀气亘大陆，横流卷沧海。
欣闻元凶除，轴心已崩溃。
当年黩武者，今日几人在？
却顾扶桑东，烟云犹叆叇。
倭奴祸未已，执迷不自悔。
行将申天讨，三岛戮巨憝。
长使东海外，涤荡无馀秽。
揖让平天下，谈笑靖边塞。

1945年5月8日

吕贞白

吕贞白（1907—1984），原名传元，江西九江人。曾师事张謇及陈星南，工诗词，擅书法。后在中华书局任编审。

感 春

梦雨灵风竟日吹，金铃谁系最高枝？
已怜看碧成朱误，况是薏腾中酒悲。

惘 惘

惘惘牵情极，悠悠数去尘。
神伤年少事，心稳此时人。
识字多忧患，深藏得隐沦。
静中时有会，吾未丧吾真。

携姮女赴苏州灵岩山，适雨后开霁，为蕙高相墓地归途有作

灵岩山色郁葱苍，古木参差雨后凉。
攲石看来多兀突，乱禽飞噪助昏黄。
能令我手亲封树，或使君魂得妥藏。
为语阿姮须稳记，重来莫忘坐山冈。

乙卯中秋夜

去年今夕未能忘，拂袂西风已作凉。
渺渺银河生碧浪，盈盈皓魄涌悲光。
人间纵有杯盘设，地下何曾点滴尝。
渐见东方将吐晓，苦吟未觉一宵长。

题汪旭翁画梅册

旭翁词律精且醇，旭翁画梅能写真。
写出繁枝着细蕊，盎然笔底生阳春。
蜷者曲者各有态，密者疏者点缀匀。
有时雪中见疏影，有时月下留芳痕。
前人不数杨无咎，后无来者真绝伦。
平生相与重交谊，贻我足抵千奇珍。
昨客吴门感畴昔，抛残冷泪沾吾巾。
披图俨如故人意，仰天掷笔空长呻。

题夏映庵丈山水画幅

丈人暮年始作画，自谓乃是无声诗。
从来心声与心画，理原一致随心为。
翁诗深探宛陵旨，堂堂旗鼓雄江西。
点染溪山幻云雾，阴阳向背任所施。
融贯南宗参北派，能脱科臼无町畦。

兴酣掀髯伸纸笔，丹青挥洒何淋漓。

翁尝绝顶登太华，峰峦险处穷攀跻。

归来写图更奇绝，千年傲视韩昌黎。

妙解无法有我法，始知造化真吾师。

姜书阁

姜书阁（1907—2004），辽宁凤城人，满族。毕业于清华大学。著有《诗学广论》。

入蜀过三峡

造化当初果有因，直将蜀峡化为神。
千山矗地峰如削，叠浪穿空水似银。
偶傍悬崖临碧落，忽看飞瀑入红尘。
绝怜天半孤舟险，万马声中下渡津。

1938年

春日客渝州感怀

帝里清华久未忘，连宵有梦下瞿塘。
猿鸣蝶化撩前绪，雉鸲鹊啼断客肠。
云树烟楼春锁碧，海棠静室暗生香。
一天风雨归舟晚，坐对青山意转长。

1939年

梁披云

梁披云（1907—2010），别号雪予，祖籍福建永春人。毕业于上海大学，两度留学日本，曾任雅加达《火炬报》总编辑，福建省教育厅长。后迁澳门。画家，工诗。

秋郊纪游

菊瘦枫丹月更幽，雄心抛却事清游。
骄蹄得得霜痕重，踏破溪山一片秋。

扶桑纪行十三首 选一

雾雨冥濛画本开，峰峦浓淡指天台。
林花偶露麻姑面，笑靥遥迎远客来。

吴门夜饮

酒残枫冷九秋哀，梦里听歌百感来。
月落乌啼天亦醉，寒山钟咽旧苏台。

1928年

重游闽江

水向闽江鼓棹行，数峰摇紫片帆轻。
闲云欲践溪山约，去住何心计雨晴。

吴世昌

吴世昌（1908—1986），字子威，浙江海宁人。1932年毕业于燕京大学英文系，先后在中山大学、湖南兰田师院、桂林师院、重庆中央大学任教。1948年赴英国牛津大学任高级讲师兼导师，被选举为此校东方学部委员，并任牛津、剑桥两大学博士学位考试委员。1962年返国。著有《罗音室诗词存稿》。

冬早东城待燕京校车

城闭千门我自归，朝寒重叠路人稀。
街因寥廓车偏响，灯到残宵光更微。
曙色还连枯树远，炊烟初逐早乌飞。
贪看落月天边白，不觉繁霜欲上衣。

凤 台

迢递斜晖照凤台，当春无绪倦衔杯。
待留泪眼看花尽，难买香车载梦回。
落蕊缤纷谁拾得，相思狼藉已成灰。
何堪检点芳时恨，满目愁云压鬓来。

社日登采石矶太白楼

不以登临倦，春袍试暂游。
江山留短梦，风雨猎危楼。
岸削鱼窥网，崖巉浪狎鸥。
断虹消未尽，天际一帆收。

湘桂败退，只身徒步自独山西奔贵阳途中口占

死以青蝇为吊客，生凭白骨识行程。
虞翻别传今安在，离乱何人写《易经》。

乙酉八月二十七日书感五十韵

举首望边疆，低头思故乡。
边疆不可望，一念摧肝肠。
故乡频梦到，触目生悲凉。
江南佳丽地，但见蓬蒿长。
烽火八年馀，乾坤百战场。
侏儒饱欲死，黔首血玄黄。
半壁山河在，笙歌殊未央。
宁知辇毂下，白骨堆路旁。
党锢矜严密，国是待参商。
坐看民力疲，将相呼盟邦。

梯航来万里，星旆越重洋。

列舰成洲屿，飞垒蔽骄阳。

双丸落海市，遂令虏胆丧。

而我星槎使，御风迳大荒。

不待秦庭哭，雄师起朔方。

顽寇惧聚灭，降表出倭皇。

薄海欢声动，兆民喜若狂。

乍听翻疑梦，不觉泪淋浪。

垂泪还相贺，禹甸今重光。

纷纭办车舟，颠倒著衣裳。

痴儿娇无那，催母理行装。

呼儿披舆图，关河若金汤。

西陲探昆仑，中原觅太行。

儿家在何许？谈笑指苏杭。

美哉我中华，宛如秋海棠。

祖宗所缔造，艰苦亦备尝。

从今好经护，国祚驾汉唐。

况以管霍才，折冲筹边防。

帷幄擅胜算，兼可弭阋墙。

金券与玉牒，庙谟何辉煌。

一朝庆露布，行见失蒙藏。

百寮善颂祷，稽首齐对扬。

辽东久阽陁，脔割任虎狼。

塞北非吾土，得失庸何伤？

辱国浑闲事，弹冠且称觞。

乡校绝舆论，谄谀恣嚣张。

战胜金瓯缺，犹自夸"四强"。

谁怜蚩蚩者，闻此转迷茫。

欢泪尚承睫，辛酸已夺眶。

匹夫情怀恶，竟夕起仿徨。

忆昔欧战初，国步正踉跄。

大憨谋窃国，岛夷肆披猖。

五载干戈戢，乃教密约彰。

众怒不可遏，巨吼发上庠。

大义昭日月，举世震光芒。

万邦订和议，我独拒签章。

荏苒廿六年，国事如蜩螗。

于今号"训政"，民意日消亡。

所嗟无寸柄，袖手阅沧桑。

1945年9月

程步瀛

程步瀛（1908—1949），字海寰，甘肃文县人。毕业于甘肃第一师范学校，先后在临夏、康乐等县府及平凉、武威、临洮等专署工作，曾访延安。抗战后组织前进同盟，往来陕甘等地，从事秘密革命工作，为当局侦获被害。其诗豪宕有新意。

志　感

莫问新都与旧京，弥天怨愤竟能平。

厌闻强敌摧坚壁，且拥妖姬戏竹城。

喜有一灯迎白昼，从无馀念到苍生。

笑侬少此清闲福，偏向风雷多处行。

秋日书愤

高原纵目望神州，何日涮除九世雠？

漫拟班生飞食肉，宁知李广不封侯。

悲凉身世归无计，溷洞乾坤战未休。

如此江山谁管得，浮云西北有高楼。

登紫金山

立马吴山瞰大江，南中王气已微茫。
宏规未辟新天地，废堑徒夸旧战场。
忍使国魂随逝水，空馀乔木对斜阳。
何堪更弄横磨剑，箕豆相煎事阋墙。

黄海早行

雪浪如山卷夜风，轻舟驶入曙光中。
遥看天水相连外，巨日如轮照海红。

绝命词

悠悠四十年，所愧惟一死。
不先入地狱，岂是奇男子。
尘劫随所化，此心若止水。
远矣白发亲，伤哉垂髫女。
哀鸿满道途，一瞑皆无视。
寄语后来人，无便停尔趾。

1949年

苏渊雷

苏渊雷（1908—1995），字仲翔，浙江平阳县人。1922年入浙江第十师范读书，1924年任温州学生联合会主席，"四一二事变"时被捕入狱，出狱后聘为上海世界书局编辑。抗战时在重庆中央政治学校授哲学课。后在重庆北碚创办钵水斋书肆。抗战胜利后，任中国红十字会总会秘书兼第一处长。其诗整饬雅炼，七律尤为沉着雄健。著有《钵水斋诗集》。

大战杂诗十八首 选三

（一）

雾锁英伦海峡秋，投鞭不断恨长流。
摩空欲击盘旋久，横渡徒夸计虑周。
西寺钟声惊晚祷，南天烽火失归舟。
雄心短算拿翁在，难遣盈盈一水愁。

1942年12月作

自注：英伦被炸，德舰自沉，为大战初期悲剧之一。希特勒于去岁圣诞日尝效拿翁故事，登布伦高处，遥望英伦三岛。

(二)

艨艟巨舰挟风雷，珠岛星洲一夕摧。

万里裹粮方六月，廿年筑垒剩荒台。

波漂上将鱼龙杳，载认当朝海水哀。

弈喻兵家争要着，始知马服是庸才。

1944年2月作

原注：二十年来，英以全力筑新加坡港，号为铁垒，日军自背后侵入，乃不一月而陷，敌机环攻击沉主力舰威尔斯亲王号，谓非战略错误，疏于防范而已。

(三)

缥缈仙山是也非，龙蛇起陆海群飞。

直教日落金鳌寂，伫待风高辽鹤归。

折戟沉沙摩旧垒，凌空越岛赴戎机。

东南有美真堪寄，雾重蒙冲快合围。

1944年2月作

自注：日本为世界大战祸首，自九一八之役迄太平洋战事，皆彼一手造成。近美军采取越岛战略，塞班关岛，先后攻克，遂大举登陆菲律宾，海空大战，已夺敌人之魄矣。行见大战终结，仍在长白山头，鸭绿江边也。

曾令绥

曾令绥（1908—1981），字介愍，四川叙永人。毕业于成都国学专门学校。后游学北京大学。问学于章太炎、黄季刚，归任叙永中学、古蔺中学。有《影山堂集》。

婉容墓

深谷为陵江为路，眼中事物多非故。
山前老屋是吾家，重游每得婉容墓。
当时翠竹绕琅玕，金粟深镌碣已残。
一抔寂寞荒烟里，牛羊砺角踏其间。
地下长眠宦家女，乃父依稀记姓吕。
玉陨香消光绪年，旅葬荒丘历风雨。
后来诗老吴江津，弃妇词成别有因。
只缘名字同碑石，附会遂及墓中人。
年年好事来凭吊，环佩魂归应失笑。
笑我萧萧雪满头，携朋辩别来山坳。
吁嗟乎！伯喈人说赵家庄，易安老去归来堂。
桃花马上蓄面首，征虏将军降羯羌。
身后是非谁管得，况是区区一女郎。

陶　铸

陶铸（1908—1969），湖南祁阳人。1926年入黄埔军校，后在福建等地从事革命活动被捕入狱。抗战初出狱。日寇陷武汉后，在鄂中组织游击战争。

狱　中

秋来风雨费吟哦，铁屋如灰黑犬多。
国未灭亡人半死，家无消息梦常过。
攘外欺人称绝学，残民工计导先河。
我欲问天何愤愤，漫凭热泪哭施罗①。

自注：①施义（邓中夏化名）、罗登贤遇难。

1935年

大洪山打游击

寇深日亟已无家，策马洪山踏月斜。
风自寒人人自瘦，拼将赤血灌春花。

1938年

虞 愚

虞愚（1909—1989），字德元，号竹园，又号北山，原籍浙江绍兴，后迁福建厦门。毕业于厦门大学，后任厦门大学教授。著有《因明学》《中国名学》等。跌宕多才，其诗幽峭凄婉。陈衍以为"不暇苦吟，自有真语"（《石遗室诗话续编》卷四）。

秋 怀

微闻霜月侵幽槛，漠漠溪云拥小楼。
哀柳能言思妇怨，乱山如叠旅人愁。
苔痕入户颜为古，蛩语摇床梦亦秋。
心事已随年事尽，独怜琴幌夜灯幽。

水操台

奋臂驱荷寇，乾坤一霸才。
岩端馀故垒，海角耸高台。
落日云涛壮，秋风铁马哀。
誓师人不见，仰止独徘徊。

雨后即事

雨过花添色，风来竹作声。
小窗无个事，一鹊噪新晴。

中秋夜游白鹿洞

豪气销沉剩此身，秋风如梦易伤神。
孤标石上松千尺，炯照天心月一轮。
南北东西长泛泛，悲欢圆缺自频频。
举头愁见山河影，大好神州半已沦。

黄稚荃

黄稚荃（1908—1993），号杜邻，四川江安人。早年毕业于成都高等师范。就读北师大研究院时拜黄节为师，后执教于成都省立女子师范、四川大学文学院教授。1949年以前曾任国史馆纂修、立法委员。著有《杜邻诗存》。

挽晦闻师

巴蜀遄归日，金台拜别时。
孱躯劳眷顾，属语见仁慈。
即此成终古，宁知渺后期。
案头馀晋帖，墨泪堕乌丝。

丁丑秋避冠还蜀杂诗十四首 选三

（一）

送者临崖返，茫茫此过江。
人声喧急濑，岚翠到蓬窗。
海曲频传檄，孤城讵可降？
如何临巨变，先上木兰艭。

(二)

束江峰似巷，偃蹇望中迷。
白日行山鬼，阴岩响怪鸱。
居人邻鸟兽，石隙见茅茨。
庸蜀矜天险，安危倘在兹。

(三)

峥嵘巴子国，复水更重山。
艘舶喧江浒，车骑溢市阛。
少安群寇远，绕匝倦鸟还。
回首东南望，遗黎泪点斑。

独游玄武湖

雨馀湖上味秋凉，洄溯蒹葭水一方。
剩有心情似丁令，输将齧笑共船孃。
花边楼阁今谁主？柳外烟波又夕阳。
莫向楸枰问遗劫，钟山无语送齐梁。

武昌阻雪独游黄鹤楼

银装城郭静如喑，江冷鱼龙窟宅深。

千里峰峦群玉积，四围栏盾朔风侵。

难舒黄鹄云中翼，摧绝朱弦汉上琴。

独对长空看雪舞，寂寥天地寂寥心。

丰国清

丰国清（1908—1956），字景夷，号愚斋，湖北黄冈人。在乡里教书，有《愚斋诗稿》。其诗偏于绮丽而摇漾生情。

感 旧

疑云疑雨隔红墙，旧日温柔旧日乡。
身现昙花心境幻，胎含豆蔻梦魂香。

雨中偶成

电掣风驰绕户低，卖花声倩雨声齐。
溅人泪眼流难住，洗我尘心醉未迷。

朱雪杏

朱雪杏（1908—2001），湖北武穴人。梅浦名儒。其诗善于以白描写生活小镜头。

种　菜

未雨先翻土，和烟早下秧。
畦分秋韭绿，篱隔菊花黄。
浥露朝尤嫩，经霜晚更香。
由来重肉食，真味几人尝。

秋　柳

烟笼绰态尚含娇，露冷轻条倦舞腰。
好梦已成千树恨，西风寒弄半江潮。
临池倩影伤清瘦，待月瑶窗伴寂寥。
一自沈园消息断，新词愁入小红箫。

钱仲联

钱仲联（1908—2003），字萼孙，号梦苕庵主，江苏常熟人。早年任教无锡国专，后曾在"中央大学"任教。其诗出入杜少陵、李商隐、李昌谷，力探柳子厚、陈简斋、姜白石、谢皋羽、厉樊榭之堂奥，于近世沾溉陈叔伊、夏敬观、李拔可，尤受秀水沈曾植影响，然能自成一家。金天羽评"其骨秀，其气昌，其词瑰玮而有芒"。著有《梦苕庵诗集》。

破山禅院晓坐

幽起先明星，残月眷群木。

松云渐离峰，千鬟脱如沐。

诗趣溢春山，石气闭幽谷。

岩音孕清磬，涧香透疏竹。

微阴交薄岚，云我影一绿。

萧机革尘迹，空翠眩奇瞩。

即此寄澄观，何用升乔木。

1922年在常熟

破山寺

千松化一绿，千绿包一山。

山中藏一寺，寺外疑无天。

飞瀑陡欲断，一白忽复连。

大壑盛沆瀁，荡荡钟如烟。

路入常建诗，花木象唐年。

坐爱菩萨鬘，静借云光妍。

悄然惬心处，耳目皆游仙。

维摩寺望海楼月夜

海云将雨近云晴，电在长江月在城。

大木三更群籁合，危楼一叹万山惊。

愁中夜气连兵气，梦里松声接梵声。

忽地秋声来一片，不关家国自伤情。

1925年

哀长春

贼军所向如偃草，长春以南无完堡，降贼苦多杀贼少。

危城独以孤军当，二百廿人无一降，城存与存亡与亡。

万骑压城城欲动，城上健儿气山涌，浴血应战无旋踵。

一夫奋臂百夫从，上马斫阵如飞龙，同拼一死为鬼雄。

见贼便刺刀锋利，左盘右辟恣我意，贼兵来者俱伏地。

千声万声呼杀倭，倭杀不尽来益多，我力尽矣将奈何。

苦战终日命同毕，血刃在胡眦犹裂，愧尔衣冠而朝列。

1931年

哀锦州

奔车一夜辚辚声，我军尽向关内行。

锦城高高天尺五，有城不守奈何许。

黄昏胡笳城上吹，贼不血刃皆登陴。

截城拦杀者为谁？辽西义民边城儿。

奋臂直入不畏死，矢与名城共终始。

创痕入骨蹶复起，毕命犹然切其齿。

明日虾夷屠四门，传闻戮及鸡与豚。

吁嗟乎！我民杀贼非不力，争奈三军先避贼。

北门锁钥今大开，贼军饮马长城来。

1932年

有感四首 选二

(一)

元戎一溃锦州兵，日日边关鼓角惊。
辽海月明非故国，木兰风紧逼秋声。
已看地蹙成千里，忍说棋输又一枰。
曾是前朝围狩地，长烟目断汉家营。

(二)

燕支北地半沦胥，旃旆何时赋出车。
不少谯周仇国论，更无吕相绝秦书。
惊魂化尽辽东鹤，只手谁当海大鱼。
闻说钧天仍醉梦，白云深护化人居。

重有感四首 选一

雄关一夕陷鲸牙，雷火纵横百道车。
自是飞仙工缩地，那堪赤子痛无家。
漆城荡荡谁持戟，禹迹茫茫待剖瓜。
太息辽东多浪死，血痕红遍战场花。

刘德爵

刘德爵（1909—1990），广东番禺人，刘景堂子。在香港任教于湾仔书院。其诗托意佛道，自抒怀抱，参透世情，表现哲理，无欲无求，大得魏晋萧散风神。

世 事

世事矛头淅米炊，漫漫长夜竟何其。
战龙大野玄黄血，逐鹿枯枰黑白棋。
娲石弥天犹有憾，阿胶止浊更难期。
何当睡过东风恶，重见红酣翠妩时。

万 物

万物何殊聚散萍，梦回旧事记零星。
晴空云色如衣白，小径苔痕染屐青。
媚灶未能随世谛，品泉自爱检茶经。
流观山海穷神异，又看齐谐说北溟。

沈祖棻

沈祖棻（1909—1977），字子苾，苏州人。1931年入中央大学中文系，后入金陵大学国学研究班，为汪辟疆、汪东女弟子。抗战期间在成都金陵大学、华西大学任教。工词，以"有斜阳处有春愁"句得人激赏。有《涉江诗稿》《涉江词》。

琼 楼

琼楼昨夜碧窗开，残月和烟堕枕隈。
背烛凝情更无语，一天凉露梦初回。
乱鸦庭树夜啼烟，梦落明湖月满船。
忽忆凉飔残照里，万花双桨是当年。

题红叶

江上枫林乱夕曛，相思渺渺隔秋云。
眼中红泪有时尽，叶上题诗更寄君。

江上晚归，对月有怀

数峰江上失残晖，新月如弓送客归。
今夜长安风露里，有人相对忆蛾眉。

和玉溪生无题，同千帆作四首 选一

暖透吴绵第几重，画罗鸳鸯为君缝。
秦楼娇凤羞相妒，洛浦惊鸿梦可通。
桐树惯栖怜净碧，荷花到死守香红。
千年桑海寻常事，肠断虚窗五夜风。

吴 晗

吴晗（1909—1969），原名吴春晗，浙江义乌人。1934年在清华大学毕业后，留校任教。后历任云南大学、西南联合大学、清华大学教授、系主任，清华大学文学院院长。1943年参加民盟。抗战胜利后返北平。1948年奔赴解放区。主要研究明史。

感事两首

（一）

阴风起地走黄砂，战士何曾有室家。
叱咤世惊狮梦醒，荡除人作国魂夸。
烦冤故鬼增新鬼，轩轾南衙又北衙。
翘首海东烽火赤，小朝廷远哭声遮。

（二）

将军雄武迈时贤，缓带轻裘事管弦。
马服有儿秦不帝，绍兴无桧宋开边。
江南喋血降书后，北地征歌虎帐前。
回首辽阳惊日暮，温柔乡里著鞭先。

1932年

陈恒安

陈恒安（1909—1986），名德谦，号宝康，别署芝山会，贵州贵阳人。早年受业于汪东、吴梅诸大师，又从本地杨覃生、乐嘉荃、王仲肃诸名宿习文字、诗词、书法之学。著有《邻树簃诗存》《半青池馆诗存》，合为《陈恒安诗词集》。戴明贤弁言以为"才气纵横，敛放自如，既富情性，亦饶机趣"。

初夏重游花溪分韵得红字，先纪以词，意犹未尽，再赋二律 选一

天南谁幻小鸿濛，冲积成山海不雄。
拾贝峰颠殊象罔，踏莎原上认鲛宫。
竹王未起疆先辟，庄蹻忽过境易空。
馀取大荒麟一角，料应清浅见桑红。

1937年

春茗园坐雨次独清韵

沾洒迸空一鹤鸣，眼枯天地黯春生。
独怜寸草因依在，可任回肠起坐平。
吟望待乘丝雨歇，馀妍犹放乱花争。
痴儿心事凭君说，如水清尊是旧盟。

追写花溪之游

一角幽丛曲径添，褰衣不惜露微沾。
群峰已作秋鬟出，扫却残云当卷帘。

冒效鲁

冒效鲁（1909—1988），别字叔子，江苏如皋人，冒广生之子。十六岁入北平俄文专修馆，后入哈尔滨政法大学攻读。三十年代任中国驻苏大使馆外交官。四十年代任商务印书馆特约编辑。著有《叔子诗稿》。诗风与钱钟书相近，走宋诗一路。

随使赴俄车过贝加尔湖作

诗人每恨豪情少，跃马冰天快一临。
晶晶玉田三万顷，雪花如掌动孤吟。

1933年

和默存夜坐韵

虚幌吹灯阒不欢，流亡道路有饥寒。
惊乌绕树月初晕，落叶扫阶声更干。
肝胆向人终郁勃，情怀如水自弥漫。
无边夜色归坚坐，哀乐中年损谢安。

1939年

寄怀耐寂丈

皎然物表陈无己，奥衍潜通太古春。
自媚芳菲违世好，欲排阊阖寄孤呻。
成灰残炬心犹热，本穴浮根志岂伸？
闻道袖中有东海，倘持一勺泽凡鳞。

1939年

和硕果亭长掷园感赋

万念如灰一掷空，空馀块磊不能平。
蝉声渐与暑俱退，蚁旋犹争天左行。
抚树岂真生意尽，看花无奈乱愁成。
区区愿力终何补，望断银河洗甲兵。

1940年

秋夕寓楼看月作

清清白露望秋零，凉入人间洗郁蒸。
表里自澄毫发鉴，烟云何碍太空升。
指呈顷刻华严相，光满诸天无尽灯。
一世将心齐向月，琼楼须蹑最高层。

1942年

李独清

李独清（1909—1985），贵州贵阳人。任教于贵阳师范学院，1939年参加编纂《贵州省志》。有《洁园剩稿》。远学韩、孟、苏、黄，近学乡前辈郑珍诗，后又沉潜于陈三立、沈曾植诗。自序云："既喜其泯唐宋之界画，复能撷汉魏六朝之精华，于是所作又稍稍与巢经巢（郑珍）异矣。"

是春谷步月

来踏龙岩一段秋，嫩蟾出岭夜寒浮。
望中草树迷深谷，劫底乾坤等漏舟。
莫为兴衰伤往事，却从生灭认轻沤。
剗苔尚有残痕在，石壁诗多谢令留[①]。

自注：①谢自南先生将其洗心泉集，以朱漆遍写谷中，尚残存。

1932年

重九集东山

沧海横流忽至此，登高争忍望中原。
最怜秋气常先感，来对群峰黯不言。
就菊题糕皆结习，攀天荡梦有孤喧。
斜阳只在帘旌外，一验霜杯酒尚温。

1937年

长沙大火

四野横尸半已焦，飞腾烈焰上青霄。

悯饥那得人输粟，望赈真同雨润苗。

赤壁千樯天可照，阿房一炬史曾标。

烬馀收合宁非计，复国明言学楚昭。

1938年

敌机首次袭筑垣，掷二弹落三柯庄，适恒安邀饮邻树嫽，黯然相对而已

撼地突闻鸣玉虎，盘空忽讶瞰霜雕。

奔云裂石魂初悸，潜洞趋壕胆也消。

安土重迁无上策，有家如赘怨今朝。

挑灯相对凄然诉，未许传杯破寂寥。

1938年

始闻夜警

秋宵初报警，肆虐敌机来。

遮影灯无缝，停声漏不催。

蛇行心有惧，鹤唳胆将摧。

翻羡深山里，酣眠梦未回。

成惕轩

成惕轩（1910—1989），字楚望，湖北阳新人。现代骈文大师。有《楚望楼诗集》。

破斧行

倭奴忘祖怨报德，汉家烟尘在东北。
镵枪一夜指卢沟，竟以鲸吞易蚕食。
白门春尽柳不丝，黄海云漫月无色。
山樱红断征人魂，塞草碧埋战士血。
天昏地暗今何时，千山万山杜鹃咽。
无耻士夫奈何帝，手掷衣冠拜胡羯。
觍颜偷活小朝廷，社鼠城狐纷僭窃。
愿我贤明诸执政，神皋御侮同戮力。
锁钥忍令北门毁，桑榆合补东隅失。
曰破我斧缺我戕，誓取虎子入虎穴。
议和从古误辽金，铸错休寻六州铁。
少康一成曾复夏，勾践十年终霸越。
风吹大漠羊何在，霜落中逵雁不飞。
四海几人登衽席，九秋一雨念裳衣。

冯建吴

冯建吴（1910—1989），字太虞，别号冯游，四川仁寿人。1926至1929年在四川美术专科、中华艺术大学、昌明艺专为教授。著有《山水技法基础》《冯建吴画集》。擅画工诗，其诗规摹杜少陵，参以白香山讽谕之体。五言气骨风韵俱高。有《抱一庐诗稿》。

江游竟日，返城已深夜，即景成诗

次第群山没，低昂一火明。
天星飞水过，堤柳拂船行。
江悄鱼龙寂，城喧雁鹜惊。
生涯羡渔父，大隐欲逃名。

埋　愁

蝶幻梦中乐，琴弹弦外音。
埋愁锄地窟，种豆换天心。
身脱千丝网，诗敲百两金。
林泉归有地，不必作蝉吟。

登第一峰

振袂最高顶，峰峰排绣屏。
江光浮地白，岚气接天青。
更鸟幽鸣佩，神灯灿列星。
名山信钟秀，微物亦通灵。

刘毓璜

刘毓璜（1910—1993），字梦渔，安徽巢县人。毕业于中央大学历史系。1938年日寇侵华时，南浮湖湘，在国立八中高二部执教。著有《先秦诸子初探》《片叶吟》。

河溪校舍书怀八首　选三

（一）

书生肠断亦能狂，一舸飘然下大荒。
三楚放歌淹日月，五更磨剑洗风霜。
马嘶寒雨秋芜湿，人哭墟烟战骨凉。
惭愧国危身未老，朝朝挟策自登堂。

（二）

荒原箫动马嘶空，无际苍凉入眼中。
斜日清溪摇碎影，秋风绝域咽孤鸿。
江山未信真胡主，书剑何由敌楚雄。
独立危城浑不语，离人心在五湖东。

（三）

落木啼乌静掩关，拥书不觉夜阑珊。

坐怜楚塞三秋老，梦夺胡旗匹马还。

适意醉而非醉候，游身才与不才间。

茫茫哀怨凭谁诉，冷月穿窗促晓寒。

秦淮听歌

灯前哀怨无双士，弦外飘零第一声。

多少繁华消歇尽，月芒初上白银筝。

钱锺书

钱锺书（1910—1998），字默存，号槐聚，笔名中书君，江苏无锡人。1933年清华大学毕业，在湖南蓝田师院教书。后往英、法国留学，归国后在清华大学、西南联大任教授。著有《谈艺录》《管锥编》等。其诗兼杜甫之沉郁、孟郊之瘦寒、黄山谷之拗峭、杨万里之清新。抒情说理，务求新意，富有理趣，格调硬健，以筋理见长。

薄暮车出大西路

点缀秋光野景妍，侵寻暝色莽无边。
犹看矮屋衔残照，渐送疏林没晚烟。
眺远浑疑天拍地①，追欢端欲日如年。
义山此意吾能会，不适驱车一惘然。

自注：①《宋史·洪皓传》载悟室语曰："但恨不能天地相拍耳。"

1934年

大 雾

连朝浓雾如铺絮，已识严冬酿雪心。
积气入浑天未剖，垂云作海陆全沉。
日高微辨楼台影，人静遥闻鸡犬音。
病眼更无花恣赏，待飞六出付行吟。

1934年

沪西村居闻晓角

造哀一角出荒墟，幽咽穿云作卷舒。
潜气经时闻隐隐，飘风底处散徐徐。
乍惊梦断胶难续，渐引愁来剪莫除。
充耳筝琶容洗听，鸡声不恶较何如？

1934年

牛津公园感秋

一角遥空泼墨深，难将晴雨揣天心。
族云恰与幽怀契，商略风前作昼阴。

1935年

清音河小桥晚眺

万点灯光夺月光，一弓云畔挂昏黄。
不消露洗风磨皎，免我低头念故乡。

1936年

哀 望

白骨堆山满白城，败亡鬼哭亦吞声。
熟知重死胜轻死，纵卜他生惜此生。
身即化灰尚赍恨，天为积气本无情。
艾芝玉石归同尽，哀望江南赋不成。

1938年

巴黎归国

置家枉夺买书钱，明发沧波望渺然。
背羡蜗牛移舍易，腹输袋鼠挈儿便。
相传复楚能三户，倘及平吴不廿年。
拈出江南何物句，梅村心事有同怜。

1938年

泪

卿谋几副蓄平生，对此茫茫不自禁。
试溯渊源枯见血，教尝滋味苦连心。
意常如墨渐难净，情倘为田灌未深。
欲哭还无方痛绝，漫言洗面与沾襟。

1938年

山斋凉夜

孤萤隐竹淡收光，雨后宵凉气蕴霜。

细诉秋心虫语砌，冥传风态叶飘廊。

相看不厌无多月，且住为佳岂有乡。

如缶如瓜浑未识，数星飞落忽迷方。

自注：①流星如缶如瓜云云，见《后汉书·天文志》。

1940年

待　旦

梦破抛同碎甑轻，纷拏万念忽波腾。

大难得睡钩蛇去①，未许降心缚虎能。

市籁咽寒方待日，曙光蚀黯渐欺灯。

困情收拾聊申旦，驼坐披衣不语僧。

自注：①佛遗教经，烦恼毒蛇，睡在汝民，早以持戒钩除，方得安睡。山谷《次韵晁以道》："守心如缚虎。"

1939年

山居阴雨得许景渊昆明寄诗

改年三日已悭晴，又遣微吟和雨声。

压屋天卑如可问，舂胸愁大莫能名。

旧游觅梦容高枕，新计摊书剩短檠。

拈出山城孤馆句^①，知应类我此时情。

自注：①来诗有云："山城孤馆雨潇潇。"

1940年

傍晚不适意行

渐收残照隐残峦，鸦点纷还羡羽翰。

暝色未昏微逗月，奔流不舍远闻湍。

两言而决无多赘，百忍相安亦大难。

犹有江南心上好，留春待我及归看。

1940年

郑朝宗

　　郑朝宗（1910—1998），字海夫，福建福州人。1936年毕业于清华大学外国语文学系。历任厦门大学讲师、副教授、教授。1949年赴英国剑桥大学留学。著有《小说新论》、《海滨感旧集》、《梦痕录》、《护花小集》、《西洋文学史》。

安娘曲并序

　　此纪元前八百年希腊诗人荷马史诗《伊亚特》中之一事也。丙戌（1946年）岁，为诸生课此，感其事，因取欧里庇得斯悲剧《特罗妇人》中所增益者，衍为歌行，命曰《安娘曲》。安娘者，特罗王子海脱之妃也，生一儿，王子爱之。会希腊与特罗哄兵临城下，且十年矣，以海脱善守，弗能陷。一日，安娘抱儿登城楼，面郊而泣。海脱适至，问之，安娘曰："君奋勇效死，战常陷坚，纵不自爱，独不为吾母子计乎？"海脱曰："吾方为此日夕愁苦，顾宗社所系，不容畏缩耳！"已而亚气来犯。亚气者，希腊骁将，威名震诸部。海脱与战，力竭而死，城亦旋下。安娘为敌所俘，子遭扑杀。荷马诗述其事甚详，欧里庇得斯悲剧补其所未及，亦委曲尽情，故不避词费，糅而译之，以见希腊古代诗歌有如此者。

　　安娘凝睇城头立，手抱雏儿向郊泣。　眼中不见画眉人，扰扰干戈何时戢？自从西师横海来，七年野外生尘埃。夫婿桓桓奋忠烈，刺手欲拔鲸牙回。雄图未遂难未已，却上城头觅妻子。杀气压眉铁衣轻，腥风颊面白日死。相思憔悴见弥愁，未诉衷情先泪流。剑光眩眼笼千恨，烽燧弥天拥百忧。

安娘谓将军："意气何嶙峋？威武终贾祸。猛烈易殉身。不念儿幼弱，孤零绝欢忻；不念吾寒苦，孀独长悲辛。西师实枭猛，转瞬将汝吞。茫茫天宇中，何处可招魂？"我命薄于纸，倏忽失怙恃。我父本雄王，英名播遐迩。亚气忽称兵，数尽古城毁。敌将肆毒凶，杀伐无人理。兄弟六七人，同日变为鬼。我母遭系囚，辗转乃至此。倾囊幸可赎，抱病呼不起。……海脱我卿卿，微尔吾零丁。非惟作我母，兼作我父兄。夙昔同衾枕，永订海山盟。如何忘宿诺，慷慨欲轻生。此楼虽狭隘，犹可镇雄兵。野阔风云急，慎勿出危城。

将军谓安娘："卿忧吾更伤。悬念异时事，鬼刀截我肠。吾岂不自爱？此邦正螗蜩。男儿重意气，大节凛风霜。焉能效竖子，保身自深藏？吾昔少年日，父师勖自强。人生谁无死，所贵为国殇。良言犹在耳，忠义敢自忘？"此邦神所恶，颠覆在指顾。我死卿俘囚，流离困道路。行人或见怜，泪下如雨注。念此摧心肝，咿嗄不能吐！"

旋向母怀抱住儿，儿不识爷背面啼。丈夫有志肯虚掷，困蛰何时得展眉？毅然舍儿执妇手，欲语还吞沉吟久："我命未绝终不死，吉凶悔吝本天授。卿可还家治女红，孤城阢陧吾能守。"

两情脉脉江海深，忽动楼边鼙鼓音。玉颜空有千行泪，猛士已无恋别心。高城急下挥猿臂，飒飒英姿瞥眼逝。独抱雏儿向寒闱，云自飞扬花自媚。急报飞如风雨快，敌酋亚气卷土再。纷纷诸将健者谁？将军一怒起衰惫。亚气英名四海闻，将军磊砢亦空群。两雄得失关天下，"扑杀此獠保国魂！"运去挥戈虚一掷，力穷折颈丧魂魄。可怜百战英雄身，化作磷光点点碧。磷光不到凤凰楼，深闺那闻鬼语啾？犹坐窗前动机杼，鸳鸯织就紫云浮。金炉炽炭承巨釜，新火发汤白如乳。待渠战罢浴云盆，脱尽尘沙爽眉宇。忽听城头吹号声，杼轴坠地云鬟倾。蹒跚扶婢登城疾，咫尺何殊万里行？登城弥望阴风恻，残尸曳地无马革。惊呼一恸碎柔肠，天地回旋珠眸黑。蛾眉宛转死复苏，落尽金钗散琼琚。残魂未定千愁迸，一时血泪洒平芜。

"海脱无丈夫，哭尔我心瘏！诞生非一域，赋命竟不殊。君居特罗国，吾亦出雄都。我父遘阳九，我遇与之俱。有生惨如此，天乎不如无！君今赴泉壤，抗志卒捐躯。吾犹强视息，茕茕对寒雏。寒雏君所喜，幸福长已矣。微命纵可留，后患终难止。荣枯变顷刻，敌人入吾邸。匍匐困街头，褴褛笑邻里。道旁逢父执，牵裾接其履。卑辞乞一饭，颜赪颡有泚。偶然获悯怜，盘餐得染指。但望塞饥肠，岂敢思甘旨？公子忽见之，摩拳更切齿："尔翁不在兹，速去勿留此！"返奔投母怀，呜咽纷出涕："忆昔爷在时，食前陈入簋。抱持置膝上，哺儿以脂髓。既饱困欲眠，侍奉有媪婢。银床丽茵褥，绣阁辉罗绮。浮生若大梦，世变森谲诡。一朝罹凶厄，百忧从此始。""哭君君弗闻，念君心烦冤！君死尸委地，裸体无袴纨。群獒争吞噬，馂馀蛆虫分。美服盈君室，对之增悲辛。君既不需此，便当举火焚。虚空犹有尽，愁恨与时新！"

哭声未绝城已破，寂寂空宫血水浼。身虽系累儿幸存，零落金枝馀一个。忽传使者来收儿，有诏城头扑杀之。从来除害恐不尽，反复哀鸣空费词。低头语儿"尔当死，尔父英姿世无比。中兴俗说徒纷纷，块肉全生古有几？"儿死娘行九庙寒，荒城积骨高如山。春风吹岸草不绿，琴海横尸水为丹！

1945年

田 贲

　　田贲（1911—1946），原名花喜露，号灵莎，辽宁盖县人，满族。学生时代加入中共，在锦州任教时，发行地下刊物《星火》。1944年在沈阳从事地下活动时被捕，狱中作诗，集为《狱中诗抄》四十三首，大多是五绝。字字血泪而情感真挚，其意简练而富孕哲理。

狱 中

万动凝一静，静亦无可执。
天道略相欢，生死小参差。
病创午夜痛，彷徨不能起。
锋镝带血磨，呜咽鸣不已。
相看都是鬼，欲语啼笑非。
饭颗知不足，相与恋残杯。

张执一

张执一（1911—1983），湖北汉阳人。曾任中共武昌区委委员、武昌农民行动委员会书记。1932年任共青团湖北省委书记，同年被捕。1935年8月出狱后，参加上海各界救国会工作。后任中共湖北地委书记、新四军豫鄂挺进纵队政治部部长、新四军第四支队政治部主任、中共襄河地委书记兼襄河军分区政委。解放战争时期，从事国民党统治区统战工作。

江汉随军纪实

秋阳漠漠照湖墩，断瓦残垣傍水存。
最是渔舟伤宛在，昏鸦争树噪荒村。
北山长望欲飞魂，久久难忘血泪痕。
风雪寒宵闻犬吠，犹疑战士夜回村。

吴鹭山

吴鹭山（1911—1986），名天五，浙江乐清人。抗战时在龙泉分校教书。有《光风楼诗》，多吟咏浙地风光。

过四十九盘岭

淡霭斜阳无数峰，吟边朵朵绿芙蓉。
振衣便觉诸天近，十八精蓝几杵钟。

1942年

湖上呈马一浮翁

饮露餐霞绝点尘，逋仙潇洒是前身。
心游鸿鹄高寒外，道在鱼龙寂寞滨。
坏壁遗书犹满眼，空山劫火几传薪？
相逢乞得毫端妙，回梦双湖浩荡春。

1942年

佟绍弼

佟绍弼（1911—1969），原名立勋，字少弼，号腊斋，广东广州人。少有诗名，与余心一等合称"南园今五子"。先后任教于勷勤大学、广东大学、国民大学、广州大学。有《腊斋诗集》一册。所作出唐入宋，感情丰满真实，贯注刚劲之气。

辛巳中秋

中华寇乱几经秋，岁岁中秋月亦愁。
故里初逢惟有恨，冷杯相对不胜幽。
沉灾地赤家何托？流血风腥死未休。
空巷悄然人事绝，苍茫只见雾云浮。

1941年

八月十四日夕寄润桐

炎赫眠难稳，烦冤郁所思。
来周俱酷吏，胡李不同时。
法网从来迫，儒冠自古悲。
避时非寄拙，行露会多疑。

红梅二首　选一

顾盼愁幽绝，何妨雅化身。
蛾眉能入世，西子故宜人。
疏影添殊色，红颜及早春。
相逢动清兴，吟赏月华新。

沈达夫

沈达夫（1911—?），笔名风人，浙江绍兴人。十五年就读杭州，再入读无锡国专，后从事报业。以七绝见长。后往台湾，晚年寓居美国，集诗为《风人诗草》。高越夫评其诗"秀曼自然，朗逸而清新隽永。

长安纪游

无边曙色自天开，黄土滔滔作浪堆。
忽见金光飞射处，红妆跨出一驴来。
信有人间行路难，一车颠簸出重关。
峰峦无数童如濯，云外苍茫辨华山。

自金华避乱衢州，行装尽付一炬，衢州旋复告警，举家仓皇出走流离

十里村畴废不耕，风吹破屋马长鸣。
残宵梦断寒窗雨，愁听萧萧啮草声。

1938年

寒宵三绝句 选一

被薄风多睡不成，娇儿恶卧又身倾。

一灯如豆愁如海，知是寒宵第几更。

太和湖

明灭林端积雪残，杖藜扶我立高寒。

鸟飞不到云深处，万顷晴波一镜圆。

饱看湖水连天碧，似觉波光尚在衣。

寂寂春山残雪道，万松争拥一车归。

柳北野

柳北野（1912-1986），浙江宁波人。上海文史馆馆员。毕业于持志学校，以律师为业。有《芥藏楼诗钞》，学诗受业于朱大可，远步李、杜、苏、黄、陈后山、陈简斋。寓奇拗于流丽，善于铺叙。

章溪山居

岭上幽篁松下溪，行人隐约在长堤。
斜阳忽被群山挡，暮霭丛中独向西。

1937年

红铁楼忆西湖杂句

尘海茫茫劳梦魂，霜蹄踏碎月黄昏。
吴山岭上闻吹笛，应有山灵夜叩门。

立秋日

日脚堂堂海气秋，鸣蝉无赖上高楼。
家国兵火峥嵘急，地迸诗情峣峏酬。
万事萦回空得失，半生怅触总恩仇。
剖瓜忽下亲朋泪，几辈云亡几辈留。

1945年

七夕闻捷

海碧天青河影斜，凯歌万里破龙沙。
旌旗北去连秦晋，芦管西来动蜀巴。
牛女无声沉夜漏，流萤带露入窗纱。
八年盼得王师捷，银烛秋生两鬓花。

宿阿育王寺承恩堂夜雨

疏钟欲断静无哗，苦味渐回到雪芽。
半岭松声过短榻，一堂夜雨落金沙。
浑忘老衲劝山果，凝听辨才说法华。
云气绕廊衣袖薄，上方疑已走龙蛇。

1946年

潘 受

潘受（1911—1999），福建南安人。1930年南渡新加坡，1942年新加坡被日寇占领时，他渡海往大陆，在重庆担任中国工矿银行副总经理，1948年归南洋。有《海外庐诗》。多纪游之作，以山川之景寓国破家亡之恸，见爱国忧民之心。

泰山四首 选一

岱宗绝顶望昆仑，九曲黄河注海奔。
四百兆人同禹甸，五千年祖溯轩辕。
如何锦绣山川美，长是烟尘日月昏。
一恸金瓯今半缺，陆沉谁与起民魂？

燕京杂诗

天低风紧塞云浓，战垒萧萧尚有锋。
独倚长城高处望，万山如戟护居庸。

夜过函谷关

敌国军营隔岸烟，河声岳影鬓双悬。
车瞒噤似衔枚走，灯灭防为袭弹穿。
白马青牛来去路，红羊苍狗乱离年。
沉沉此夜过函谷，守黑听鸡更著鞭。

自西安赴咸阳

虎视龙兴了不留，眼中风景帝王洲。
汉家陵阙馀残照，秦地关河控上游。
吏黠暗滋编户苦，寇深况值阅墙秋。
青山本是无情物，一夜伤时也白头。

1940年

飞机中俯瞰桂林山水，降陆
小憩，晚复起飞

桂林之水如春酒，桂林之山皆醉翁。
醉翁饮酒醉不已，一一颠倒春风中。
我骖鸾过初俯视，颇疑造物此游戏。
咳唾珠玉落九天，雕镌磨琢纷棋置。
或如戈矛或爪牙，或抽如笋开如花。
或曳清江如曳带，或披薄雾如披纱。
或追或伏或相斗，或惊或仆或相救。
来者旁观如攒头，去者不顾如拂袖。
厚坤万古闳灵奇，忽破悭囊倾出之。
人言造物元公道，而于此也将无私。
飞飞我复东南往，小憩未能恣探赏。
欲叫虞舜云正愁，回首苍梧月渐朗。

萧印唐

萧印唐（1911—1996），名熙群，字印唐，以字行。重庆垫江人。1932年毕业于四川大学，1936年毕业于金陵大学国学研究班。往返于成渝湘三地任教。在四川大学、重庆国立女子师范学院任教授。有《印唐存稿》。

次十七翁韵有赠并怀紫曼乐山

江潭木叶媚新秋，九日题糕与子谋。
丝雨缚魂将入定，片风撩鬓若吹愁。
咄哉胡祸晋司马，命也圣徒鲁伯牛。
丛薄霜零天地润，系人心处是嘉州。

1940年

晓行南泉道中

重来旧地不胜情，指点遥山未记名。
散雾林梢迟日出，如云禾稼喜秋成。
新添雨洗悬螺绿，侧听溪流活水情。
穿径不辞衣袂湿，入怀珠露有馀清。

1941年

翁一鹤

翁一鹤（1911—？），广东潮安人。早年从名宿郭心尧学诗，毕业于国粹学院，历任香港中文大学、树仁学院教授。著有《畅然堂诗词钞》、《香海百咏》，寓刚健于婀娜。

元夜同陈二庵步月

江山有兴待君乘，相约茅庵又一凭。
已办春江浓似酒，共看明月好于灯。
款门香火深宜客，伴榻花枝尚有僧。
坐爱清钟不归去，新诗吟向瘴溪藤。

1942年

过凤溪竹楼赋赠主人

卜此野塘幽，主人非俗流。
有身将化竹，无月不成楼。
云影摩苍鹘，波光健白鸥。
如依歌吹海，叶落四山秋。

1944年

有　赠

痴儿死作惊人语，逐客生成彻骨忧。
劫后文章供覆瓿，秋深风雨漫登楼。
故山已惯伤吾梦，群盗犹闻购汝头。
蹈海栖邱终不悔，浮云今日是神州。

1945年

刘君惠

刘君惠（1912—1999），名道和，四川乐至人。1937年毕业于四川大学，历任四川大学、金陵大学、中国公学、南林文法学院、四川师范学院讲师、副教授等职。

摩诃池感旧同吴雨僧先生作

照眼红墙万柳丝，阑干黯对夕阳时。
却寻履迹疑如昨，渐乱春愁不可支。
蝶梦生涯宁自觉，茧丝肺腑倚谁痴。
人天空有情如海，忍泪零缣觅旧题。

甲申九日禊集霁园感事抒愤

簪履闲闲空尔为，鸡鸣士气恐全非。
重来问字抠衣处，剩有回天转地悲。
大字书墙人已渺，遗经在椟愿终违。
独携酸泪窥园过，分付秋风为一吹。

邓　拓

邓拓（1912—1966），原名子健，笔名马南村，福建闽侯人。1919年考入上海光华大学社会经济系。翌年秋，转学到上海法政学院。1930年任社会科学家联盟和上海反帝大同盟区党团书记。1932年参加上海纪念"广州暴动"五周年游行时被捕。翌年秋保释出狱。又参加"福建事变"，"闽变"失败，转入河南大学社会经济系续学。1937年9月到晋察冀边区，翌年春在《抗敌报》工作，历任该报社长兼总编辑，新华社晋察冀分社社长等职。

狱　中

大地沉沉寂，人间莽莽迷。
薄眠刍作垫，恶食粥如泥。
窸窣风翻转，琅珰月向低。
惊心危坐处，天外叫荒鸡。

1933年

赠边区参议会诸老

破碎河山国士悲，揭竿陇亩集雄师。
哀军必胜驱强虏，夜雾将消接晓曦。
莫话艰难生死事，惟闻慷慨古今辞。
霜晨山野陈兵马，父老欣欣阅虎罴。

阜平夜意

孤窗走笔巷声沉，小院无人霜月侵。

散稿案前书未竟，狂歌门外意难禁。

风移树影驱昏睡，火逼沸壶作短吟。

军舍夜深嘶战马，明朝单骑又溪林。

1940年

祭军城

朝晖起处君何在，千里王孙去不回。

塞外征魂心上血，沙场诗骨雪中灰。

鹊啼汉水闻滦水，肠断燕台作吊台。

莫怨风尘多扰攘，死生继往即开来。

1944年

黄寿祺

　　黄寿祺（1912—1990），字之六，号六庵，福建霞浦人。早岁赴北平考入私立中国大学文科，毕业后返闽归家，被地方人士留任霞浦县立简易乡师教导主任。复返北平，任嵩云中学国文教员，仍从高步瀛、吴承仕受业。后到中国大学国学系任讲师。1941年冬返闽。在福建省立师范专科学校、继在国立海疆学校任副教授，后又重返师专，任教授兼国文科主任。著有《六庵诗选》、《易学群书平议》、《楚辞全译》。

登西直门城楼

一上高楼览四封，九门万雉满春容。
巍峨北阙雄栖凤，起伏西山势走龙。
云际车声归客至，城头角吹暮烟浓。
绮霞似惜诗人去，射到征袍分外彤。

1934年

纪　梦

窥窗淡月照孤眠，梦到东闽意欲仙。
太姥山头云作海，霍童洞外路迷烟。
渔舟点点浮天际，樵唱声声过陇边。
最是秋深枫叶赤，橙黄橘绿满江川。

1934年

桐庐郭外

清流清澈见游鱼，十里青山画不如。

塔影西斜红日暮，炊烟起处是桐庐。

1941年

芦 获

芦获（1912—1994），广东南海人。1930年先后参加编
《今日诗坛》《中国诗坛》以及《广西日报》副刊"漓水"。
以写新诗闻名，也作旧体诗。

风雨吟

夜来风雨黯惊心，寒到人间梦欲沉。

望断江南春意乱，忧临漠北战云深。

时危忍洒关山泪，世变仍嗟萁豆吟。

寂寂更阑天待曙，起看大地正萧森。

作者补记：一九四二年三月十日夜皖南事变后，山城桂林，风雨弥
漫夜中不寐，感而赋此。

1942年

湘北南县途中即兴二首

（一）

十里荷塘夕照边，白云垂柳映吟鞭。
马蹄起处烟波落，菱荇西风漾钓船。

1943年8月17日

（二）

西风无恙几人家，看尽荷花又荻花。
垂柳漫萦征客棹，斜阳天外映寒沙。

成善楷

　　成善楷（1912—1989），四川忠县人。1937年毕业于四川大学，历任川东师范、国立女子师范学院、四川大学等校教授。缪钺论其诗："大抵情意真切，辞气清峻，与雕琢曼辞以取悦流俗者殊科"（《霜叶诗词稿序》）。

感时抒怀

宛平一夜起尘埃，羽檄惊传万骑来。
士气渐随故国老，榴花新傍战场开。
边关目击谁多策，蜀士心伤只禁杯。
莫向床头空辗转，池塘蛙鼓尚相催。

1937年6月

寺上杂咏

林间破屋两三间，草色入帘自作团。
朝雨有情蛙百鼓，夕阳无语竹千竿。

1943年

许廷植

许廷植（1913—1997），字伯建，别署蟫堪、阿植，重庆巴县人。三十年代就读于川东师范学校、实用高等财商专科学校，任四川省银行重庆特等分行主任秘书，并从事文艺工作，甚获时誉。抗战时与章士钊、潘伯鹰发起成立饮河诗社，任理事，与沈尹默、乔大壮为文字交。其诗工力深厚，有绵密之肌理。

山居春感

云外珠楼积翠浓，蒋山鬃影骋骄骢。
清溪梦唤石城艇，紫阳游思杨柳风。
鸟道回川撑半壁，马尘欺鬓怨飞蓬。
江南旧事伤今昔，桃李无言漫野红。

感事和闻庵元韵

动地喧喧陇上笳，神州狐鼠更纷拿。
一宵霜雁过汾水，万户流民辞汉家。
海市重惊迷毒蜃，歌筵犹自谱红牙。
剧愁冷眼缁尘客，忍对风横雨势斜。

灌县离堆望大雪山，景致矞丽，少陵诗所咏“西山白雪三城戍”也

凭虚危槛古岩隈，下瞰盘涡转怒雷。
日落岷江吞玉垒，天横雪岭灿银堆。
燃犀漫拟探龙窟，掘地无能辨劫灰。
惟有秦时明月在，索桥高处一徘徊。

夜过回龙山望重庆市区

乱山无语送宵征，泻地飞光月渐明。
鼎沸犹思鱼纵壑，池荒久厌世言兵。
一箧饱吠疏篱犬，百媚谁倾不夜城。
如此繁忧销未得，喧喧笳鼓动春营。

程千帆

程千帆(1913—1999),原名会昌,号闲堂,湖南宁乡人。入金陵大学读书,师从汪辟疆先生,毕业后在中学、大学执教。推崇陈三立等人的同光体诗。有《闲堂诗存》。

读 老

青眚塞天地,白日去昭昭。

山韫玉不辉,海枯石亦焦。

群鬼森出没,腾踔纷凶呶。

所愧墨逃杨,但梦鹿覆蕉。

颇闻柱下史,陈言倘得要。

飘风不终日,骤雨不终朝。

1937年

寄印唐十韵

忆谒刘夫子，花溪载酒过。

小舟摇曲榜，弱柳坠斜柯。

穗重垂黄发，崖崩散绿萝。

瀑飞清屑玉，泉响暗翻荷。

远轴匀深黛，闲潭着浅涡。

相携同入崦，出语尚惊波。

高第尊良友，叨陪愧等科。

定知宽礼数，还喜接婆娑。

熏沐馀馨在，沉吟远梦多。

新诗怀旧雨，忠义共研磨。

1940年

溪堂展望乌尤

离堆竹影摇新秋，二水争洄持不流。

连宵猛雨湿幽梦，溪堂冰簟如赘旒。

清晨开门脚不袜，闲对朝阳梳绿发。

初惊蜂窠没溟涨，渐见螺鬟出云窟。

生涯如此意有馀，中隐何似专城居。

有妇况复能读书，锄经日日同锄蔬。

1941年

重 来

青春无那去堂堂，别久流光共梦长。

玉树琼枝后庭曲，锦鞯骄马冶游郎。

江干桃叶非前渡，陌上花钿歇故香。

莫恨相思不相见，重来应减少年狂。

1943年

萧 萧

萧萧落木添疏雨，冉冉徂年送积阴。

蛇足真成失卮酒，蝇头何计破书淫。

烽边故国劳吟望，梦后新愁负夙心。

青鬓总怜供换世，更谁陈迹与追寻？

抗战云终，念翔冬、磊霞两先生旅榇归葬无期，泫然有作

八岁荒嬉愧九录，南郊宿草换新阡。

爆竹满天角声死，留命东还真偶然。

张相材

张相材（1913—?），湖南新化人，侗族。一度从教，后归田。

旱 灾

震地嚎咷天似聋，井泉涸竭水无踪。
绿槐碧草皆枯槁，烈日蓝天满地缝。

1921年

田翠竹

田翠竹（1913—1994），湖南湘潭人。年轻时先后当过记者、秘书、教官、报人抗战时流离江湖。

南京被陷，日寇屠城，死四十二万人

皑皑白骨垒城高，秋尽金陵鬼夜号。
四十万人飞碧血，招魂谁与酹江涛。

太平洋战争后敬贺陈孝威将军酬罗斯福总统

碧海东西水漾红，弹声激厉哭声中。
寒磷白骨堆高峡，荒草斜阳乱故宫。
禾黍泪枯残垒血，霓裳曲散落花风。
兴亡事事成追忆，愁绝龟堂陆放翁。
风雨鸡鸣已白晨，楚虽三户必亡秦。
文章磅礴垂千古，宇宙澄清仰一人。
刀剑影沉辽海月，和平花艳战场春。
沧波浩渺频南望，想见旌旗万里新。

刘持生

刘持生（1914—1984），又名润贤，甘肃文县人。1939年毕业于中央大学，历任长春大学教授，西北大学教授。著有《先秦两汉魏晋文学史稿》、《持庵诗》。

长安旅夜

入眼终南天际浮，远游真到帝王州。
古窑月上惊乌鹊，高阁风来带市讴。
百二关河犹可恃，汉唐人物已难求。
临觞一片苍茫感，兀兀中宵涕不收。

1935年

九日游磐溪

漠漠沉阴到处同，漫劳远目送归鸿。
伤时可奈天如醉，避地悬知劫未终。
雨后山连云气白，篱边菊似战场红。
胜情苦作中兴想，犹自登高唱大风。

1938年重庆

蒋逸雪

蒋逸雪（？—1983），江苏建湖人。笃志励学，二十岁有成。初在省立九中教书，中岁供职于史馆，后执教于镇江师范、扬州师院。认为唐诗隽永，末流或失之肤廓；宋人清真，间亦蹈于刻露。主张择善而从，参以己意而融会变化。有《南谷诗存》。

三游洞 洞在宜昌西陵峡上

洞天幽邃绿侵门，白傅坡仙手泽存。
岩石嶙峋高士骨，谷花淡冶美人魂。
峡云出没情如梦，涧水升沉岸有痕。
多难登临唯此日，西风瑟瑟暗江村。

1938年

闻人述渝情感赋

电炬通明映画楼，曼歌妙舞几时休？
王孙惨绿同无忌，神女嫣红尽莫愁。
报急军书来雪片，消闲名士醉街头。
薰风十里巴渝路，忍说杭州是汴州。

1944年

岁暮寄怀日照先生

小憩园林又一冬，日边未掩旧时容。
岩栖人说支硎鹤，朝隐谁知李耳龙。
十载兵戈添白发，千秋声响比黄钟。
明年花发乘槎去，江上晴和数远峰。

东海沱寒食

昼看花飞夜听莺，江村明日又清明。
记曾乞得安心法，依旧春来百感萦。
兵际民生事可哀，西窗分得豆苗栽。
雨余更植槐千树，不许骄阳影照来。

1943年

剑门关

千峰高耸排如剑，一径中开裂若门。
多少英雄酿浩劫，可怜事过了无痕。

1943年

闲 来

闲来拄杖过西桥，眼底江山似六朝。
满地斜阳浑无力，一村黄叶听寒潮。

1944年

孔　惠

孔惠（1915—？），湖北大冶人。黄埔军校十六期毕业，任职军界。

题《秋江柳月引鱼图》

匹练横江夜色浮，秋风初拂柳丝柔。
疏黄筛落清光彩，引得鱼儿戏不休。

叶维熙

叶维熙（1915—1974），甘肃兰州人。程步瀛好友，旧甘肃省政府科员、秘书，沉沦下僚。有《寓尘诗存》《海南吟稿》。诗多清爽之音。

住绿竹寺逾月，秋将老矣，书以志感并寄玉如

穷边胜境待追寻，梵宇飘然倚碧岑。
危栈连云穿石壁，小楼开户纳霜林。
潮声夜咽三秋月，乡梦朝回九折心。
且喜山灵容结伴，远游曾未倦登临。

与海寰夜饮畅谈，用玉如韵

元龙湖海飘零惯，白发应怀垂老亲。
抵掌快论天下事，挑灯忽忆梦中人。
奇谋不用陈同甫，风雅欲追贺季真。
如此家山归未得，却从客里念斯民。

哭海寰昆仲

汉南豪俊结深盟，十载江湖变姓名。
佟说天心方厌乱，宁知大业败垂成。
云迷华岳腾兵气，波涨黄河作怒声。
热血千年难化碧，伫看宇宙正龙争。

松鸣岩

策马拂衣何处行？松鸣岩下听松鸣。
三关水急疑雷怒，万树风回作雨声。
西顶云封石佛古，南台日照山花明。
暂来亦足消尘虑，况复中原有甲兵。

赵慰苍

赵慰苍（1915—1975），云南剑川人，白族。小学教师，工诗能画。

旅榆杂咏 选二

（一）

高踞金山望饿莩，陈仓霉谷向河丢。

十年干旱关谁事？财阀依然醉玉楼。

（二）

关塞萧条路塞拥，黄鱼买坐走匆匆。

诸公莫怪驰轮急，尽被龙卢黑货封。

自注：黄鱼，为汽车司机私搭乘客之暗语。

1943年

虞逸夫

虞逸夫（1915—），江苏武进人。毕业于无锡国专，初在武昌、桂林等地中学执教，后任《国讯》月刊编辑。马一浮聘为复性书院秘书。著有《鹿野堂诗稿》。

题寓楼壁兼寄湛翁先生乐山

姑射神人不可求，每思陶谢与同游。
清池潜月光愈妙，丹桂无风气转幽。
鹊笑鹃啼俱自适，鸿来燕去不相谋。
山中何有人何处，万竹千花一草楼。

1942年

自岳阳回舟长沙值秋潦

孤舟趁浪入鸿荒，野寺无名尚有堂。
塔影犹龙临水活，帆群如鹤带云翔。
飞潦怒作吞天势，泛宅争为避地忙。
不见中流存砥柱，徒闻海上有慈航。

1949年

莫仲予

莫仲予（1915—？），字尚质，广东新会县人。在报界工作，擅长书法篆刻。诗风超逸浑雄。

舟次清远闻曲江警返棹阳山

羽檄遥传一夕虚，婴城策定早空闾。
严寒野店催程急，乍灭渔灯过客疏。
返棹已成骑虎势，归心真似漏鱼初。
儿童不识流离苦，犹傍篷窗自学书。

1941年

白敦仁

白敦仁（1916—2004年），四川成都人。1940年就读于四川大学，慕石帚博学高文，转学华西大学。少有才名，川中山水奇趣，多入其诗卷中。有《水明楼诗词集》。

朝阳洞观日出

高峰森森剑插天，低峰累累羊比肩。

左峰欲断云为连，右峰无云清且妍。

丈人一峰独神全，下有红日跳荡如金丸。

须臾飞腾众峰前，宛如龙跻不可攀。

千洼万窍惟朱殷，如火咸阳三月燃。

方诸调水渲野莲，洒落生绡无岁年。

祝融逐北勾萌颠，彤幢绛纛争回旋。

道人洞口烧丹铅，不语不笑不谈玄。

红葩狎猎琳崖鲜，直以朱凤目飞鸢。

得无蒸干百丈泉，中有鲤鱼腹便便，

又不能取投诸渊。烟消百里见平川，

似闻龙骨翻龟田。疲农奔呼陌与阡，

仰视而吓高山巅。

1943年

杂诗十首 选二

(一)

白日何短短，志士多苦颜。

六龙颓西荒，阴威不可干。

坚冰壮寒色，江海缩波澜。

鲵鲸尽失势，何况鳅与鳗。

小人利世变，弄机如转丸。

君子乘正常，与众殊悲欢。

思回日月照，为世解烦冤。

天高海水深，浩歌行路难。

(二)

疲马恋雄关，兵气昏南策。

胡风吹夏草，万里洛阳陌。

枭骑徘徊鸣，甲士格斗死。

金汤一朝异，赪煞池鱼尾。

池鱼且莫哀，填海非尔才。

君看北国战，黑处阵云来。

1937年

典衣戏作

典作春衣小市东，淫书巧技夺天工。
藏珠未艳钱叔宝，偿药堪夸厉太鸿。
掷去理应随破甑，归休何以待寒风。
空箱大好收长卷，一笑真成失马翁。

庄幼岳

庄幼岳（1916—2007），名铭瑄，以字行，祖籍福建晋江人，先代迁台湾麦寮，后迁鹿江。少年时参加过栎社。初为雾峰中学教员，后为民政厅股长。有《红梅山馆诗文集》，其诗清真和雅，笔力遒劲。

悄　立

悄立溪桥上，西风拂面凉。
残蝉吟断续，归鹭去仓皇。
淡霭笼晴树，清流碎夕阳。
农村秋正好，可奈近昏黄。

1933年

秋江垂钓

垂纶江畔泊孤篷，十里凉波荡碧空。
径尺银鳞新上钓，忽教乡思动秋风。

1934年

春江晚眺

炊烟袅袅雨初晴，隔岸风传晚笛声。
一抹红霞遥浦散，数家电火远村明。
鹭从落日山边去，舟在澄江月里行。
一片春光堪入画，却从何处觅关荆。

1935年

乙亥暮春中部大震灾

怆看屋宇伴倾颓，瞬息存亡剧可哀。
生作殖民悲已甚，更堪浩劫降中台。

1935年

感 事

过眼烟云剩抚膺，一时真觉杞天倾。
龙蛇战野裹穹晦，鹰隼盘空大地惊。
才报盟伊亲狡俄，旋闻破法击强英。
古来黩武终亡国，天堑徒劳百万兵。

1941年

吴天任

吴天任（1916—1992），号荔庄，广东南海县人。早年师事三水黄荣康，后历任香港葛量洪师范学院、学海书楼、树仁学院讲师。著《荔庄诗稿》。

七 七

七月七日卢沟水，狂潮卷地杀声起。

西风未觉边关隘，胡行万里速如鬼。

中原旌旗掩战骨，九世仇深几时雪。

会作血泪满泥途，群胡没胫无力拔。

1939年

九一八

凉秋九月十八日，三更风起大纛拔。

白山黑水来铁蹄，白刃如花不见血。

将军夜饮枕美人，门外夷歌醉胡月。

父老掩面南向啼，八年于今头似雪。

1939年

屠福州

倭来倭来破福州，五虎岛外鲸吞舟。

空城雀鼠行戮尽，丁壮有死皆无头。

妇人日夜藏军中，不堪忍耻纷坠楼。

年前南京血犹碧，十日三屠凄往迹。

四年苦斗万骨枯，九世仇深岂终极。

城中冤魂何处归？帝遣巫阳招不得。

日暮阴风啸新鬼，血腥吹作闽江水。

江水东奔波浪宽，此恨若消沧海干。

自注：三十年四月二十一日，日寇攻入福州大屠杀。

1941年

陈湛铨

陈湛铨（1916—1986），号青萍，广东新会人。出自中山大学詹安泰门下，移居香港，任教珠海、联合、华侨、浸会、岭南学院。著有《修竹园诗》。

越秀山重游偕伍宗法

物情那不辨兴亡，疏落寒花尚敛香。
山气陡倾三面秀，天风吹散十年狂。
感深今昨艰行坐，人与榕棉各老苍。
志士苦心谁解得，固应文字日荒唐。

1946年

香港探旧不遇

道左层楼夕照明，呼门深待激春声。
昂头未许簪花得，袖手真疑抱梦行。
海市沸腾天欲裂，壮心飞动气全横。
无穷无尽人间累，分守残经了此生。

丁亥岁阑答寂园、绍弼见贻之作

分明道胜意还疑，想入无生更有悲。

壁缝著蜗居岂稳，杯心呼影此为谁？

瓶花忍冻开难媚，霜月惊风行故迟。

亏汝兵馀世间客，资粮摆落只谋诗。

1947年

张夗生

张夗生（1916—2007），字孟玄，号梅庵，福建福州人。转战东南，抗战中以军功擢代少将。

哀长沙大火

万家伫盼捷音来，帷幄仓皇又费猜。
穷寇曾传频败绩，名城却报瞬成灰。
谁言焦土能歼敌，忍使生灵先受灾。
酆悌头颅容易借，千秋罪责恐难推。

1938年

许晓轩

许晓轩（1916—1949），江苏无锡人。曾任《青年生活》主编，后为川东特委青委宣传部长。被关押后就义。是小说《红岩》中许云峰的原型人物。

除夕有感

不悲身世不思乡，百结愁成铁石肠。

止水生涯无节日，强颜欢笑满歌场。

追寻旧事伤亡友，向往新生梦北疆。

慰罢愁人情未已，低徊哦诵"惯于"章。

欧阳怀岳

欧阳怀岳（1917—1943），字泰云，江西星子人。少时随父读书北平。"七·七事变"时南下入厦门大学。尝入余謇、施蛰存所创之龙山吟社。毕业后应赣省中学聘，途遇狂犬噬而逝，年二十六岁。其诗风骨崚嶒，沉哀凄戾。有《欧阳泰云诗钞》油印本。

野　望

十里河声送晚寒，西风吹恨上眉端。
匡庐山影看疑梦，彭蠡乡心转似澜。
落日翻鸦栖古树，冷云驱雁下前滩。
近来惯识飘流味，海角天涯任所安。

短歌行

星子陷后，余由都昌偷渡返里，因睹景物清凉，感而赋此。

匡庐之树蠡湖船，云移高峰浪摇天。
风景不殊似昔年，客子归来泪欲涟。
百里人家见破瓦，一城文物付荒烟。
晚风寂渡剑已磨，归来空认旧山河。
西宁古道头颅遍，东牯深山骸骨多。
墙东老妇满面泪，相对无言似梦寐。

残灯惨淡不成红，呦呦塚上忠魂语。

万里遥天人登途，相见何难别何易。

1940年

秋感八首 选四

季秋九月，天气遽变。寒雨叩窗，落木飘瓦。搴帘远望，怃然怆怀。

（一）

秋深寒雨逐人来，抱病兼疏潋滟杯。

绝壑高松呼鸑鹤，荒城落月满楼台。

陶公鱼鸟怀归急，杜老江湖绕梦哀。

莫上龙峰揩倦眼，南明陵墓长蒿莱①。

自注：①汀州有隆武后墓。

（二）

山压居庸灌莽滋，燕门回首古尘吹。

孤花掩映宫檐晓，数柳萧疏殿角悲。

太液楼船箫鼓振。玉泉庵塔雨云移。

可知呜咽卢沟水，万里行看卫霍师。

（三）

欲登高岭望匡庐，旧国青山傥忆予。

五老自高衔月暗，二星①相并点湖虚。

帆樯片片鸥群疾，村树疏疏虺阵徐。

劫剩田园几人在，休凭尺素问残书。

自注：①落星墩、流星墩，在星子十里湖。

（四）

一城风物属匡君，岭上枇杷压暮云。

彭蠡啼残鸿雁月，玉京①眠塌野狐坟。

惊沙人语磨金戟，古井砧声映练裙。

曾上小舟兼载酒，只今魍魉日嘷群。

自注：①玉京，城西山名。

1941年

刘逸生

刘逸生（1917—2000），广东中山人，历任《香港正报》《华商报》编辑。著有《蜗缘居诗词钞》，其诗清壮新隽。

风云太平洋

侵南侵北费猜疑，电报纷纭孰证之？
海起风涛真险恶，岛孤燕雀尚酣嬉。
前军输运宜深备，论客争持各异辞。
危坐小楼收讯息，夜灯惨绿晚星移。

十二月八日书事

梦中窗外响惊雷，起视机场蔽浊埃。
都道守军方演习，谁知战垒已燔煨。
仓皇群蚁缘汤釜，俯仰危城付劫灰。
我是只身无挂碍，咖啡依旧引长杯。

朱源滔

朱源滔（1917—？），又名天浩，湖北大冶人。华中师范学院教师。青年能诗。

旅沙书怀

云横水绕路千重，回首乡关断雁鸿。
未遂请缨惭壮士，岂甘屈膝背初衷。
逼肩炮管遭磨折，洗劫行囊竟困穷。
落泊何期青眼客，章台步月咒天公。

1938年

闻荆沙撤守有感

记曾漂泊在荆沙，顾影章台影自斜。
遥念英豪寻胜迹，忽闻异种践奇葩。
宜将铁索横江底，何让胡笳遍市哗。
临战毋争谁画策，撤逃岂不愧兵家？

1940年

徐铭延

徐铭延（1917—1964），江苏南通人。曾任新四军《东南晨报》总编及《苏中教育》《新教师》《生活》等杂志主编。1949年任苏南行署调查研究室副主任。著有《合璧集》。

步石灵同志游禹王台韵

荆棘女墙貌已非，东南王气久衰微。
斜阳一抹隋堤路，故向西风扪旧碑。

1948年

李代耕

李代耕（1918—1985），河南林县人。1937年10月，参加中华民族解放先锋队。1938年参加新四军，任十五团政治部副主任。1940年后，任淮南津浦路东解放区六合县县长、路东联防司令部政治部副主任、仪征县委书记。1946年2月，任中共齐河（铁路北）县委书记兼县大队政委，1947年9月，任渤海区二地委副书记。

集合民兵反"扫荡"

驿马追风急，柳营军令传。
连天烽火起，沸地角芦喧。
乌铳弹丸足，梭标锋刃寒。
儿童盘过客，何去复何还？

1942年冬

过溧武路封锁线奔赴茅山敌后

薄暮轻装别水西，疏林昏月夜乌啼。
短松碎石迷人径，蔓棘荒藤刺我衣。
大道横陈封溧武，狂酋失计尚驱驰。
磨盘轻越飞龙虎，创建茅山树赤旗。

胡 绳

胡绳（1918—2000），江苏苏州人，毕业于北京大学哲学系。"皖南事变"后，闽东搜捕共产党人，逃往海岛，期间所作诗较多。自言"初效'五四'后新诗体，继作五七言旧体诗，又苦乏师承。抗日战争期间，于干戈之隙，情怀触发，偶赋短章，以见劳者之歌，病者之呻，乐则笑而愤则呼"（《胡绳诗存自序》）。

晓发罗源喜晴

我来巴山沧海行，山色日远海气侵。

天公亦知斯人喜，急遣羲和破积阴。

忆昨风狂雨又骤，斗舆如舟处处漏。

局促真同井底蛙，天地混沌看不透。

远山纷纷雾中没，飞泉入野犹怒吼。

大峰千尺独矜持，突兀云外露其头。

云如浊浪去复来，何时始罢令人愁。

岂知一夕乾坤旋，举头只见青青天。

积潦道上犹狼藉，朝暾已上万树颠。

却讶群峰何苍翠，绿树花鸟鸣声妍。

群峰不言亦不语，原知翻覆指顾间。

一笑登车去如箭，斜影萧萧拂稻田。

自注：其时余急趋福建三都澳港口上船，罗源距三都澳约十公里。

1941年3月

韶　关

曲江风度自翩翩，罗刹桥边泊画船。
入夜明灯浮万盏，不知何处是烽烟？

1942年

朱翰昆

朱翰昆（1919—？），湖北江陵人。毕业于湖北师范学院国文系，从事教育。工五律。

入川峡中行

峰高掩日晖，两岸尽巍巍。
高瀑连云落，长江带雾飞。
水环山疑绝，滩卷浪施威。
东望离乡远，故园不得归。

1938年

杂　感

游子怀乡梦，流年暗自惊。
家书三载绝，国难六年兵。
宦贾均豪富，书生仍白丁。
寒冬拥败絮，空抱不平鸣。

1943年

丁　力

丁力（1920—1993），湖北洪湖人。1940年在家乡成立保国爱家乡诗社，后在国统区地方机关作职员。有《扬帆集》《阵云集》。

渡汉水

渡口清波浸石矶，崖风袅袅催征衣。
艄公好似惊弓鸟，误指飞鹰是敌机。

感　怀

斗大乾坤郁莽苍，乱流喧枕起徜徉。
幽栖未信风能谢，世变真疑楚可张。
尽有长城饮胡马，更无净土著农桑。
难忧不解春光好，独向神皋瞰八荒。

朱庸斋

朱庸斋（1920—1983），原名奂，字涣之，广东新会人。以工词擅名，也工诗，声韵谐婉清丽，谐巧绵密，受其词风婉约影响，较为纤弱。

杂　诗

钿车何日出东门，停仁阴晴总断魂。
坠絮飘花春渐老，闻声对景梦难温。

横塘深浅未关怀，亲采芙蓉愿尚乖。
生恐入秋风物改，相逢犹隔水西涯。

虚杯相待酒仍斟，雨送新凉直到心。
猛忆昨朝相见后，衣香云鬓几低吟。

吴孟复

　　吴孟复（1920—1995），号山萝，安徽庐江人。毕业于无锡国专，后在上海、安徽等地任教。从陈诗、李宣龚诸老学诗，往往以文为诗，将古文家起结开合、跌宕穿插之法运于诗中。舒芜在《吴山萝诗集序》中论其诗云："诗才以运学问，学问以斡诗才，炉冶功深，光怪变化。清空浓至，二妙并兼。其往复宕漾处，真宋贤胜境。"

阳　朔

阳朔山水青如蓝，数峰突兀不可攀。
旁有老树亦夭矫，下临万丈之深潭。
忽然峰转云树合，千峰万峰碧簑簑。
微闻六月雷雨后，遥从云际见烟鬟。
断续变幻神莫测，但见崖壑足嵚㟢。
何时寇灭天下定，来寻山谷结茅庵。

1938年

江　南

锦绣江南地，烽烟塞北同。
奔驰如狼豕，杀戮到鸡虫。
此寇何时灭，官军竟望风。
忧时唯涕泪，肉食甚心胸？

1939年

马骐程

马骐程（1920年—？），字北空，甘肃省民勤县人。毕业于中央大学，历任国史馆协修，西北师范大学教授。有《中国诗人小传》《蚕丛鸿爪》、《北空吟草》、《马骐程诗文选》。

柏溪道中

春到嘉陵岸，江边树树花。

微风香十里，曲水绿千家。

渔唱苍波远，人归夕照斜。

长年辛苦地，来往不辞赊。

1941年重庆

初夏道中

一年春事了，浅夏日初长。

晴拥千山翠，风传十里香。

稻针翻水绿，麦浪倚云黄。

村妇饶佳趣，提笼行采桑。

1942年重庆

初至歌乐山

十里松冈好策筇，当前奇胜喜初逢。

放怀四野群山小，回首千家一径封。

鸟语嘤嘤如见款，泉声细细若为容。

此间着我原无负，况有层云欲荡胸。

1945年秋

张玉生

张玉生（1920—1992），字璧人，浙江海盐人。曾任嘉兴《民国日报》编辑。

秋日书怀

秋风萧瑟恨迢迢，国事蜩螗虏正骄。

授爵羊头遍地烂，续貂狗尾满街摇。

"三光村"里无炊火，倭乐声中断九韶。

忍望中华沦劫运，冤民何日泪能消？

欧阳衡

欧阳衡（1921—1992），四川资中人。中央大学毕业后，在重庆、江津等地作教师。

讯　月

云淡峰高野树低，楼台灯火望中迷。
夜阑打桨山山应，敲碎苍凉月一溪。

黄恨园

黄恨园（1921—1956），广东蕉岭人。抗战期间，在梅州任《中山日报》主编，投笔从戎，参加青年军。日寇投降后，往上海主编《宪艺月刊》。

香港难侨行

红楼画阁尽销磨，兵燹无情唤奈何。
大海风云添作浪，一身漂泊已奔波。
可怜荒岛人烟少，不及香江战骨多。
从此王孙同泣路，繁华一梦似南柯。

从　军

从军慷慨竞签名，十万青年赴远征。
热血由他埋北海，头颅留我炸东京。
围攻水陆双栖战，登陆中盟二等兵。
他日蓬莱争牧马，好凭肝胆话平生。

1944年

上海近事

酒绿灯红夜漏迟，马龙车水半忘归。
交情深浅杯中酒，世态炎凉身上衣。
贵客登楼买醉日，哀鸿露宿断炊时。
酩酊只觉天堂近，好梦惊回又已非。

陈 雷

陈雷（1917—2006），黑龙江桦川县人。历任佳木斯市地下党支部组织委员，市委书记。1938年参加东北抗日联军，任第六军政治部组织科长，六军二师一支队政委。1945年9月后历任苏联红军绥化卫戍区副司令员，黑龙江警卫一旅政委，西满三地委副书记兼三分区副政委。

九 月

九月天低蔽战云，鸥鸮号叫泣烟尘。
声声炮火惊残梦，处处干戈路断人。
松江浪起卷秋萍，完达风高添暗云。
如此兵灾劫洗甚，村村哭煞未亡人。

周天健

周天健（1922—1994），字子彊，江西湖口人。1941年高等考试及第，历任中央研究院历史语言研究所研究员，台湾交通大学教授。自言"斯世当有民国诗"。所作诗力求深婉，求峭健，求脱俗。著《不足畏斋诗存》。成惕轩序其集云："上契涪翁，独标宋格。炉锤在手，万有供其雕镂；斧凿无痕，三复归于平淡。"

高等考试及第集训重庆南温泉，初值岁除

羁愁入酒怕灯红，冬解诸生在学宫。
此夕祭诗悲贾岛，更谁伏阙愧陈东。
功名何似来潮信，徂岁争同出蜀篷。
会说收京应有日，舻棱撑梦石城雄。

1941年

夜大醉，客去梦回，已风雨满天矣

隐隐风雷挟梦驰，似曾惊梦夺明时。
饥蚊愁湿能为祟，永夜馀酲渐酿诗。
坐虑川防成壅溃，欲移栖息恐枝危①。
孤灯照醉还多事，独影凭窗雨万丝。

自注：①时将有东北之行。

市楼茗坐遇雨同长兄天度、内子曼若暨秋侄娟甥

昏饮狂歌沸夜城，低吟微恐市徒惊。
片云遮月能兴雨，好茗留人便到更。
淑世论应难少贬，逃禅君自亦无明①。
尪羸续命终非计，袖手中原未息兵。

自注：①长兄年来逃佛，尝语无明世间。

奉和黄养和见赐之作

尽谙世事渐无哀，瀛宇长吟一去回。
抱雪镂冰师有自，局天蹐地我何才①。
困人磨蝎憎时达，犯梦蛟龙破海来。
漫说辽东失经略，新秋几见阵云开。

自注：①师昔从胡雪抱先生游，自号镂冰馆主。

上海杂诗

相逢莫问夜如何，暑尽冰绡未罢歌。
终是霓虹能彻夜，奔车来去软尘多。

隘巷难回显者车，隔灯人语夜如麻。
危楼接望缘何盛，猛忆萧村十数家。

曹玉清

曹玉清（1924—1999），辽宁西丰人。毕业于北京大学中文系，后往黑龙江作教师。

再过榆关

夜雾茫茫晓更阴，凄风阵阵报秋深。
穷途惨作他乡客，倦旅愁听亡国音。
鬼魅狰狞人苦难，河山雄伟气萧森。
凭窗暗洒伤时泪，破碎神州破碎心。

1943年

农村观感

春忙耕种夏忙锄，忙到秋收半缴租。
旧债未清新债迫，官粮将送口粮无。
千钉百补更生布，东倒西歪马架庐。
诗人高唱田家乐，谁见农村血泪图。

哈尔滨旅夜书怀

松花江水暗吞声，如此繁华哪国城？

子夜梦随残酒醒，五更愁逐晓寒增。

卧薪尝胆人何在，破釜沉舟志未成。

起视霜天孤月冷，倚栏凄绝异乡情。

1946年

后 记

中国古典诗歌源远流长，历代选本多，研究者也多。新文学运动兴起之后，用古典的传统的形式创作的诗被贬为旧体诗，受到打击与排斥，走入低谷。但其实植根于中国民族文化的参天大树又岂可轻易拔倒，仍有相当多的人在执著创作，甚至如闻一多这样著名的新诗人，也"勒马回缰作旧诗"。只是这一时期的旧体诗创作向来不受学术界的重视，《中国现代文学史》多种版本只字不提旧体诗，只有鲁迅、郁达夫、毛泽东、柳亚子等名人诗作尚有人研究，近些年来虽也有个别选本，但分量不足，以致人们对此时期旧体诗的状况缺少基本的了解。1997年，我曾申报国家社科项目"民国时期旧体诗研究"，即力图对民国时期诗作较广泛的搜集与研究，撰写了《民国旧体诗史稿》，2005年由江西人民出版社出版。此书填补这一时期旧体诗研究的空白，有利于人们认识旧体诗这一形式并没有随着封建社会的结束而消亡，相反，它在困境中生存，应时代而发展；有利于从古典诗词到当代诗词架起一道桥梁，也证明了毛泽东所说的"旧诗一万年也打不倒"（毛泽东与梅白谈诗）的道理。目前学术界正在改变忽略这一时期旧体诗的状况，中山大学黄修己教授主编《二十世纪中国文学史》约我撰写了旧体诗一章；中国社科院文研所现代文学室张中良教授约我为《中华文学通史》十卷修订版撰写旧体诗词一章。

近年来，中华诗词学会有鉴于近百年诗词编集、研究之薄弱，决定由学术编著中心计划编《中华诗词文库》，这是文化界的盛事，是弘扬诗词的千秋大业。2007年，我赴京参加中华诗词学会二十周年大庆时，应图书编著中心之约，与福建社科院蔡厚示先生合作《现代诗选》的编选。受命以来，兢兢业业，如履薄冰，以当年所著《民国旧体诗史稿》为线索，频入图书馆查找资料、增购书籍，以广搜博取。我所持的原则为：一是注重收集面广，有诗坛耆宿、遗民诗人、社会名流、学者教授、新旧体诗兼擅的作家、编辑、教师、书家画家，其地域则涵盖大陆与港澳台地区；其创作时间必须在1917年至1949年之间，即主要创作活动在此期间，或虽到晚年而仍创作不辍者皆在入选之列，而当代在世者在民国时期虽有创作而不被收录，盖因其主要创作活动期不在其时；二是力求选取精品，重在选录"诗中有史"之诗、"诗中有我在"之诗，即有个人情性、怀抱之诗；三是注重内容的广博性与诗风的多样性，兼顾雅俗，注重诗的美感与厚重。凡无关痛痒者不取，无聊应酬者不取。共计收入诗人572位，诗作2108首，后来交由蔡厚示先生校订，又为之增15人，增诗37首。并由我的研究生刘李英编排目录。

出版在即，倍增感慨，能为中华诗词煌煌大业做点填补的工作，深感荣幸，或能有利于人们对这一时期诗词作品作进一步的搜集挖掘与整理出版，从而丰富中国文学宝库，表明旧体诗在这一时期同样具有兴观群怨的认识价值，为其他艺术形式所不能代替，而且能为当代诗词的创作与研究提供借鉴。然遗珠之憾，在所难免，望识者见谅。

编选者胡迎建谨记于南昌青山湖畔湖星轩

时在 2009 年 3 月

附记

中华诗词学会与中国书籍出版社、北京采薇阁书店联合组织"中华诗词存稿"，将原在"中华诗词文库"中出版的《中国现代诗选》与《中国现代词选》合并为《中国现代诗词选》（分诗卷与词卷），对其中文字符号写差错予以修改修改，删除了极个别不宜出版的作品。特此说明。

中国书籍出版社

2020 年 7 月